胸キュンスカッと

ノベライズ
～誰よりも一番、君が好き～

痛快TVスカッとジャパン・原作
百瀬しのぶ・著
たら実・絵

集英社みらい文庫

もくじ&《アンド》あらすじ

四月《がつ》から高校《こうこう》三年生《ねんせい》へと学年《がくねん》があがる浜口香織《はまぐちかおり》は、二年生《ねんせい》のとき、同《おな》じクラスだった真二《しんじ》に密《ひそ》かに片想《かたおも》い中《ちゅう》。二人《ふたり》は、エイプリルフールの日《ひ》の小《ちい》さなウソをきっかけに……!?

江美《えみ》とシズカは、小学《しょうがく》五年生《ねんせい》から中学《ちゅうがく》二年生《ねんせい》の今《いま》までずっと大親友《だいしんゆう》。だけど、消《け》しゴムを使《つか》った恋《こい》のおまじないをきっかけに、友情《ゆうじょう》の危《き》機《き》!?　恋《こい》と友情《ゆうじょう》、あなたはどっちをとる?

通学路《つうがくろ》で、教室《きょうしつ》で、体育館《たいいくかん》で……。

気《き》がつくといつもあなたを、目《め》で追《お》っている。

あなたはみんなの人気者《にんきもの》。

でも、私《わたし》はなんのとりえもない普通《ふつう》の女《おんな》の子《こ》。


いたずら好《ず》きで、いつもみんなを笑《わら》わせていて、でも本当《ほんとう》はとびきりシャイで、照《て》れくさそうに笑《わら》う顔《かお》はかわいいけれど、時々《ときどき》見《み》せる真剣《しんけん》な横顔《よこがお》は大人《おとな》びていて……。

あなたのいいところは、いくつでもあげられる！

あなたのことをちょっと考《かんが》えるだけで、胸《むね》の奥《おく》が『キュン』と音《おと》を立《た》てる。

あなたに会《あ》うまで、私《わたし》の中《なか》にこんな感情《かんじょう》があるなんて——知《し》らなかった。


ねえ、知《し》ってる？

あなたが話《はな》しかけてくれるだけで、私《わたし》はとびきりの笑顔《えがお》になれるんだよ！

1

恋《こい》のエイプリルフール

寒《さむ》かった冬《ふゆ》も終《お》わり、春《はる》がやってきた。

あともう何日《なんにち》かで新学年《しんがくねん》。

クラス替《が》えがあるから、少《すこ》しドキドキしてる、今日《きょう》この頃《ごろ》。

私《わたし》、浜口香織《はまぐちかおり》は、春休《はるやす》みのバドミントン部《ぶ》の練習《れんしゅう》のため、体育館《たいいくかん》に足《あし》を運《はこ》んでいた。

「ねえ、もう四月《がつ》だよ」

部活終《ぶかつお》わりに体育館《たいいくかん》のすみで汗《あせ》を拭《ふ》いていたとき、私《わたし》の親友《しんゆう》の永田《ながた》ゆいなは、ふいに壁《かべ》のボードを見《み》あげた。

そこには、練習《れんしゅう》や試合《しあい》などの春休《はるやす》みの部活《ぶかつ》の予定《よてい》が書《か》きこんである。

ゆいなが言《い》うように、今日《きょう》は四月一日《がつついたち》。

「うわ。ってことは、もう私《わたし》たち、今日《きょう》から高《こう》三？」

なんて、今《いま》さらあらためて実感《じっかん》したりして。

「そうそう」

思《おも》わず、ため息《いき》が出《で》てしまう。

そう、私《わたし》たちは高校《こうこう》三年生《ねんせい》。

つまり、世《よ》に言《い》う受験生《じゅけんせい》なのである。

すっかり暗《くら》い気持《きも》ちになっていると、後《うし》ろから誰《だれ》かに頭《あたま》をポンってされた。

「うへっ!?」

思《おも》わず変《へん》な声《こえ》をあげてしまった。

でも、わかってる。

いきなりこんなことをしてくるのは……。

と、ドキドキしている心臓《しんぞう》を押《お》さえながら振《ふ》りかえると……。

「おつかれ～。いつも通《どお》りいい反応《はんのう》！」

予想的中《よそうてきちゅう》、バスケ部《ぶ》の練習《れんしゅう》を終《お》えた真二《しんじ》が笑《わら》っていた。

彼《かれ》は西山真二《にしやましんじ》。

いたずら好《ず》きで、いつもみんなを笑《わら》わせてくれる、同《おな》じクラスの明《あか》るい男子《だんし》。

「ちょっと！　香織《かおり》をびっくりさせないでよね！」

って、真二《しんじ》に怒《おこ》ってくれたのは、なぜか私《わたし》じゃなくてゆいなだった。

ゆいなはサバサバしてて、誰《だれ》にでも言《い》いたいことをストレートに口《くち》に出《だ》せるカッコいい女《おんな》の子《こ》。

思《おも》ったことをなかなか口《くち》にできない私《わたし》をいつもリードしてくれる。

「そ、そうだよ。真二《しんじ》。まったくもう」

真二《しんじ》がニコニコしているから、怒《おこ》ったふりをしようとしていた私《わたし》も、ついつい笑《え》みがこぼれてしまう。

「ねえねえ、真二《しんじ》は模試《もし》、どうだったの？」

ゆいながズバッとたずねた。

私《わたし》だったら遠慮《えんりょ》しちゃって、こんなこと聞《き》けないなあ。

ゆいなのこういうところ、すごくうらやましい！

「あ、それがさ」

真二《しんじ》は笑顔《えがお》をひっこめて急《きゅう》にきりっとした表情《ひょうじょう》を浮《う》かべた。

「全教科《ぜんきょうか》、偏差値《へんさち》七十《ななじゅう》こえてたんだよね」

「え、七十《ななじゅう》？」

私《わたし》は小《ちい》さく声《こえ》をあげた。

「ウソッ!?　マジッ？」

ゆいなもおどろいている。

すごい！

偏差値《へんさち》って平均《へいきん》五十《ごじゅう》だよね。

偏差値《へんさち》七十《ななじゅう》だったら、だいたいどこの大学《だいがく》でも入《はい》れちゃうんじゃない？

真二《しんじ》ってそんなに頭《あたま》よかったっけ？

私《わたし》たちは、信《しん》じられない思《おも》いで真二《しんじ》の顔《かお》を見《み》た。

真面目《まじめ》な顔《かお》のまま、真二《しんじ》はうなずいていたけれど……。

「もちろん……ウソ」

耐《た》えきれなくなったように、ふきだした。

「え？」

私《わたし》とゆいなは、わけがわからずに顔《かお》を見《み》あわせた。

「いや、だって、今日《きょう》はエイプリルフールだろ？」

してやったり、というような顔《かお》をして、真二《しんじ》は壁《かべ》のカレンダーをさした。

「あ、そか」

たしかに、今日《きょう》は四月一日《がつついたち》だけど……。

「……てか、エイプリルフールだからウソつくって子《こ》どもか？」

ゆいなはすっかり呆《あき》れてるみたい。

「だまされてやーんの」

真二《しんじ》が私《わたし》たち二人《ふたり》を順番《じゅんばん》に指《ゆび》さしながら、からかうような口調《くちょう》で言《い》う。

「もう、ひどいなあ」

私《わたし》は笑《わら》いながら言《い》った。

「香織《かおり》はピュアなんだからだまさないでよね」

ゆいなが言《い》う。

「香織《かおり》はピュアってか天然《てんねん》？」

真二《しんじ》が私《わたし》の顔《かお》をのぞきこんでくる。

「ち、ちがうもん」

ドキッとした気持《きも》ちをかくすように、小《ちい》さく言《い》いながら目《め》をそらす。

「ったく、香織《かおり》によけいなことばっか言《い》わないでよね」

「よけいなことばっか、ってなんだよ。失礼《しつれい》だな」

相変《あいか》わらず真二《しんじ》とゆいながポンポンと言《い》いあっている。

二人《ふたり》のやりとりを見《み》ているのって本当《ほんとう》に楽《たの》しい。

私《わたし》にとっては、とっても幸《しあわ》せな時間《じかん》。

三年生《ねんせい》になっても、真二《しんじ》とゆいなと同《おな》じクラスになれるといいな。

そんなことを思《おも》っていると、

「うぇーい」

そこに、真二《しんじ》と同《おな》じ部活仲間《ぶかつなかま》の瀬川秀樹《せがわひでき》がやってきた。

秀樹《ひでき》はノリが軽《かる》くて見《み》た目《め》はチャラいけど、意外《いがい》に真面目《まじめ》。

バスケの交流試合《こうりゅうじあい》のときに隣《となり》の高校《こうこう》の女子《じょし》に恋《こい》をして、一途《いちず》に片想《かたおも》い中《ちゅう》らしい。

「なんだよ、おまえら。着《き》がえないで何《なに》しゃべってんの？」

「え、なんの話《はなし》だっけ？」

真二《しんじ》が私《わたし》を見《み》る。

「えっと……模試《もし》どうだったたって話《はなし》じゃなかったっけ」

「あ、そうだそうだ」

ゆいながうなずく。

「模試《もし》かあ。俺《おれ》は惨敗《ざんぱい》だったよ」

秀樹《ひでき》は泣《な》きマネをしながら言《い》い、

「あ、真二《しんじ》さあ、志望校《しぼうこう》決《き》めた？」

と、真二《しんじ》を見《み》る。

「あー実《じつ》は俺《おれ》、卒業《そつぎょう》したらアメリカに留学《りゅうがく》することにしたんだ」

真二《しんじ》がまた真面目《まじめ》な顔《かお》になって言《い》った。

一瞬《いっしゅん》その場《ば》がシン、と静《しず》まりかえったけれど……。

「……それはウソ」

ゆいなが「見《み》やぶったぜ！」とばかりにどや顔《がお》で言《い》った。

「あ、そっか」

またエイプリルフールだって、ようやく気《き》づいた。

うっかり二度《にど》もだまされるところだった。

私《わたし》とゆいなは顔《かお》を見《み》あわせて笑《わら》った。

でも真二《しんじ》は笑《わら》わずにうつむいて、そこに置《お》いてあった平均台《へいきんだい》に腰《こし》をおろす。

「え、マジで言《い》ってんの？」

秀樹《ひでき》が眉尻《まゆじり》をさげた顔《かお》で真二《しんじ》の隣《となり》に腰《こし》をおろして、顔《かお》をのぞきこんだ。

「この春《はる》からさ、親父《おやじ》がロスに転勤《てんきん》になって、だから俺《おれ》も……」

「え……」

私《わたし》は思《おも》わず言葉《ことば》につまる。

なんとなくしんみりした空気《くうき》になってしまう……。

「すげえじゃん！　ロスでかわいい女《おんな》の子《こ》と仲《なか》よくなったら、俺《おれ》にも紹介《しょうかい》してくれよな！」

秀樹《ひでき》がそんな空気《くうき》を吹《ふ》きとばそうと、真二《しんじ》の肩《かた》を叩《たた》きながら無理《むり》に明《あか》るく言《い》った。

でも誰《だれ》も笑《わら》うことができなくて、かえって深刻《しんこく》になってしまう。

「……でも、卒業《そつぎょう》したら、どっちにしろ俺《おれ》たち、離《はな》ればなれになっちまうんだからさ。

ちょっと遠《とお》いところになったと思《おも》えば……な？」

秀樹《ひでき》が急《きゅう》にシリアスなトーンでポツリとつぶやいた。

私《わたし》とゆいなは何《なに》も言葉《ことば》を発《はっ》することができない。

すると……。

「……ウソ！」

真二《しんじ》が顔《かお》をあげて、おどけた声《こえ》で言《い》った。

数秒間《すうびょうかん》、沈黙《ちんもく》が流《なが》れて……。

「は？」

秀樹《ひでき》が目《め》をまん丸《まる》くして真二《しんじ》を見《み》る。

「まただまされてやんの〜〜。俺《おれ》の演技力《えんぎりょく》、どうよ？」

真二《しんじ》はV《ブイ》サインをするときみたいに人《ひと》さし指《ゆび》と中指《なかゆび》を出《だ》して、私《わたし》とゆいなをいっぺんにさして笑《わら》う。

「……うっざ！」

ゆいなが眉間《みけん》に皺《しわ》をよせて、真二《しんじ》をにらみつける。

私《わたし》はその場《ば》の空気《くうき》をなごませようと、あわてて笑《わら》った。

でも、さっきのショックで、いつもみたいに心《こころ》から笑《わら》えない。

「卒業《そつぎょう》したら、どっちにしろ俺《おれ》たち、離《はな》ればなれになっちまうんだからさ……だって。うわ、クッセー！」

真二《しんじ》は秀樹《ひでき》の肩《かた》をバシバシ叩《たた》きながら、大笑《おおわら》いしている。

「おまえこの野郎《やろう》！」

アメリカ行《い》きを本気《ほんき》にしていたときは半泣《はんな》きになっていた秀樹《ひでき》は、顔《かお》をまっ赤《か》にして立《た》ちあがると、真二《しんじ》につかみかかった。

「つたく、あんたたちくだらなすぎ！」

二人《ふたり》のやりとりを見《み》て呆《あき》れていたゆいなも、ついにはお腹《なか》を抱《かか》えて笑《わら》いだした。

私《わたし》も一応《いちおう》笑《わら》っていたけれど……。

ああ、留学《りゅうがく》がウソでよかった。

真二《しんじ》のことがひそかに気《き》になっている私《わたし》は、心《こころ》からホッとしていた。

4月
1

その日《ひ》の帰《かえ》り道《みち》――。

制服《せいふく》に着《き》がえた私《わたし》たちは四人《よにん》で体育館《たいいくかん》を出《で》た。

「あーあ、せっかくエイプリルフールだし、俺《おれ》も真二《しんじ》みたいなウソついてみてぇなー」

秀樹《ひでき》は学生《がくせい》カバンをリュックのようにして背負《しょ》いながら、そんなことを言《い》いだした。

「なに、そのしょうもない願望《がんぼう》」

ゆいなはすっかり呆《あき》れている。

「あ――――！　いいこと思《おも》いついちゃった！」

秀樹《ひでき》が突然《とつぜん》、大声《おおごえ》をあげた。

「クラスの女子《じょし》にテキトーに電話《でんわ》かけて告白《こくはく》してさ。気《き》まずくなったら『実《じつ》はあの、ウソなんです～』みたいなドッキリしない？　うまくいけば彼女《かのじょ》もできるじゃん！　ねえ、真《しん》ちゃん、おもしろそうじゃない？」

「え、そんなことしたら女《おんな》の子《こ》、傷《きず》つくよ……？」

私《わたし》だったらそんなの耐《た》えられない。

必死《ひっし》の思《おも》いで、秀樹《ひでき》に言《い》った。

「ホント、人《ひと》として終《お》わってる。だからいつまでも片想《かたおも》いなんだよ」

ゆいなもプイと背《せ》を向《む》ける。

「人《ひと》が気《き》にしてることを……！　なんで俺《おれ》のウソはそんなに怒《おこ》られるんだよ。真二《しんじ》のヤツと何《なに》がちげーんだよ」

秀樹《ひでき》はぶーたれている。

「だから、おまえのウソは人《ひと》を傷《きず》つけるウソ。俺《おれ》のウソは誰《だれ》も傷《きず》つけないだろ？　全然《ぜんぜん》ちがうんだよ」

真二《しんじ》が言《い》う。

「なんだよ、それ～！　俺《おれ》はさっきのおまえのウソに傷《きず》ついたんだからな！　真《しん》ちゃんったらヒドゥイ!!」

秀樹《ひでき》は不満《ふまん》げだ。

「あーでも……けっこう、いい方法《ほうほう》かもな」

自転車《じてんしゃ》を押《お》している真二《しんじ》が、秀樹《ひでき》を褒《ほ》めるように言《い》う。

「え？」

どういう意味《いみ》？

私《わたし》は自分《じぶん》の耳《みみ》を疑《うたが》った。

いつも友《とも》だちをからかったり、変《へん》な冗談《じょうだん》を言《い》ったりするけれど、誰《だれ》かが本気《ほんき》で悲《かな》しむようなことをしない真二《しんじ》なのに。

だからこそ、私《わたし》もいいなって思《おも》ってるのに……。

「真二《しんじ》もサイテー！」

ゆいなが軽蔑《けいべつ》したように言《い》うと、

「おまえに電話《でんわ》してやろうか？」

真二《しんじ》がふざけた口調《くちょう》で言《い》う。

「マジで怒《おこ》るよ？」

ゆいなは真二《しんじ》の肩《かた》をバシッと叩《たた》いた。

そして、爆笑《ばくしょう》している秀樹《ひでき》の背中《せなか》にカバンをぶつける。

「ウソだよ、ごめん、ウソ」

そう言《い》った真二《しんじ》のことを、なぜか秀樹《ひでき》も叩《たた》きまくっている。

「いててっ、なんでおまえまで叩《たた》くんだよ」

「おまえのせいで、俺《おれ》までゆいなになぐられた腹《はら》いせじゃ！　よし、こうなったら本気《ほんき》で女《おんな》の子《こ》に電話《でんわ》しまくろうぜ、いっしょに」

「……ったく、バカなこと言《い》ってるヤツらは置《お》いていこ」

ゆいなに手《て》を引《ひ》かれて、私《わたし》も歩《ある》きだす。

バカなことを言《い》いあっている二人《ふたり》を置《お》いて、私《わたし》とゆいなは先《さき》に歩《ある》きだした。

「ごめんごめん。ウソだよ」

「待《ま》ってくれ〜」

二人《ふたり》は、あわてた様子《ようす》ですぐに追《お》いついてきた。

「じゃあうちら、あっちだから」

校門《こうもん》を出《で》たところで、ゆいなは秀樹《ひでき》と左《ひだり》に行《い》った。

駅《えき》につづく道《みち》だ。

「じゃあねー」

「じゃあな」

私《わたし》と真二《しんじ》は手《て》を振《ふ》って、二人《ふたり》とは逆《ぎゃく》の右方向《みぎほうこう》に歩《ある》きだす。

私《わたし》が利用《りよう》するバス停《てい》と、真二《しんじ》の家《いえ》は同《おな》じ方向《ほうこう》。

部活《ぶかつ》の帰《かえ》りに時々《ときどき》こうして真二《しんじ》と二人《ふたり》で帰《かえ》るのが、私《わたし》のひそかな楽《たの》しみだった。

でも今日《きょう》の私《わたし》は、さっきの真二《しんじ》のしょうもない冗談《じょうだん》のショックがつづいていて、どうしてもいつものように笑《わら》えない。

私《わたし》はそんな顔《かお》を見《み》られたくなくて、うつむきがちに、早歩《はやある》きをしていた。

エイプリルフールだから、女子《じょし》に告白《こくはく》するなんて、そんなのイヤ。

冗談《じょうだん》だとしても、そんなこと絶対《ぜったい》に考《かんが》えてほしくない。

真二《しんじ》がそんなことするなんて、一ミリも考《かんが》えたくない。


「ね、俺《おれ》にだまされたときの秀樹《ひでき》の顔《かお》見《み》た？　チョー、ウケたよな」

真二《しんじ》は私《わたし》の前《まえ》にまわってきて、楽《たの》しそうな顔《かお》をして笑《わら》いかけてきた。

私《わたし》は、爆笑《ばくしょう》している真二《しんじ》に笑《わら》いかえすことができなかった。

「なに、コワい顔《かお》してんの？」

「……さっき、真二《しんじ》が『俺《おれ》のウソは誰《だれ》も傷《きず》つけない』って言《い》ってたでしょ？」

私《わたし》は立《た》ちどまって、自分《じぶん》の足元《あしもと》を見《み》つめながら言《い》った。

「うん」

真二《しんじ》が私《わたし》の方《ほう》を見《み》ている。

私《わたし》は……どうしても言《い》いたいことがあった。

アメリカへ……どこか遠《とお》くへ行《い》ってしまうなんていうウソは、もう絶対《ぜったい》についてほしくない。

そんなウソつかれたって、私《わたし》は笑《わら》いとばすことなんてできない。

だから、勇気《ゆうき》を振《ふ》りしぼって、口《くち》を開《ひら》いた。

「でも……私《わたし》は傷《きず》ついたよ」

「……なんで？　冗談《じょうだん》じゃん」

真二《しんじ》は不思議《ふしぎ》そうな顔《かお》をしている。

でも私《わたし》は、軽《かる》い気持《きも》ちで返《かえ》すことなんてできない。

「卒業《そつぎょう》したら留学《りゅうがく》するって言《い》ったとき、真二《しんじ》と離《はな》ればなれになっちゃうのかなって、ちょっと……ううん、すごくショックだった……」

私《わたし》は口《くち》をギュッととがらせて、言《い》った。

そうしないと、泣《な》いちゃいそうだった。

真二《しんじ》はしばらく黙《だま》って考《かんが》えこんでいたけれど……。

「……そのショックだった、っていうのもウソだろ？」

「え？」

意外《いがい》な言葉《ことば》に、思《おも》わず顔《かお》をあげる。

「めんどくせーなー、女《おんな》のウソって。そんなこと言《い》われたら、勘《かん》ちがいする奴《やつ》もいるぞ？

まー、俺《おれ》だからよかったけどさ。エイプリルフールは、もっと笑《わら》えるウソがいいぞ」

真二《しんじ》は私《わたし》のほっぺたを、指《ゆび》で軽《かる》くツンツン、とつついた。

そして、なんでもなかったかのように、自転車《じてんしゃ》を押《お》して歩《ある》きだす。

そうやってすぐ私《わたし》のことをからかう。

でもからかうんだったら、どうしてそんなふうに、勘《かん》ちがいさせるようなことするの？

真二《しんじ》に頭《あたま》をポン、ってされたり、ほっぺたをつつかれたりしたら、ドキドキするんだよ？

いったいどういうつもりなの？

そのたびに一人《ひとり》でドキドキしたり、落《お》ちこんだりして、私《わたし》、バカみたい。

「……そ、そうだよ！」

私《わたし》は真二《しんじ》の背中《せなか》に向《む》かって言《い》うと、歩《ある》きだした。

「ウソ。ウソです、ウソ。やっぱり真二《しんじ》にはかなわないや」

自分《じぶん》の本音《ほんね》を、今《いま》すぐ全部《ぜんぶ》なかったことにしたくて、私《わたし》は、「ウソ」という言葉《ことば》を何度《なんど》も口《くち》にした。

いつもだと、私《わたし》はあんまりうまくしゃべれないからゆっくり話《はな》す。

なのに、こんなときにかぎって、私《わたし》は早口《はやくち》でおしゃべりになる。

「香織《かおり》はウソがヘタだからなー」

真二《しんじ》が言《い》う。

「別《べつ》に、ヘタでいいし。真二《しんじ》みたいにうまくなりたいなんて思《おも》わない」

私《わたし》はその場《ば》に立《た》ちどまったまま、真二《しんじ》の背中《せなか》に向《む》かってわざとイヤミっぽい言《い》い方《かた》をした。

「ま、そうだよな……」

真二《しんじ》は自転車《じてんしゃ》を止《と》めてそう言《い》うと、

「じゃあ俺先《おれさき》行《い》くわ、じゃあね」

と、片手《かたて》をあげて、一度《いちど》も私《わたし》の顔《かお》を見《み》ないで、自転車《じてんしゃ》をこいで行《い》ってしまった。

「あ……」

呼《よ》びとめようと思《おも》ったけれど、そこはいつものバス停《てい》で、ちょうどバスが来《き》てしまった。

目《め》の前《まえ》でドアが開《ひら》いて、運転手《うんてんしゅ》さんがこっちを見《み》ている。

私《わたし》はモヤモヤした思《おも》いを抱《かか》えたまま、バスに乗《の》りこんだ。

4月1

「ねえ、くーちゃん、真二《しんじ》ったらひどいんだよ」

家《いえ》に着《つ》いた私《わたし》は、自分《じぶん》の部屋《へや》のベッドに腰《こし》をおろす。そして、いつもいっしょに寝《ね》ているクマのぬいぐるみのくーちゃんを抱《だ》きあげた。

「せっかく勇気《ゆうき》を出《だ》して自分《じぶん》の気持《きも》ちを言《い》ったのに、『ウソだろ』なんて言《い》ったんだよ？」

あーもう！

思《おも》わずくーちゃんをぎゅっと抱《だ》きしめる。

「なんであのとき、正直《しょうじき》に『ウソじゃないもん。本気《ほんき》だもん』って言《い》わなかったんだろ。

やっぱり私《わたし》って勇気《ゆうき》ないなあ……。あーあ、エイプリルフールに言《い》わなきゃよかった……」
私《わたし》はくーちゃんにグチをこぼしつづけた。

夕食後《ゆうしょくご》、私《わたし》は自分《じぶん》の部屋《へや》で勉強《べんきょう》をした。
ぼんやりしていたら、真二《しんじ》のことを考《かんが》えて悲《かな》しくなってしまう。
だから無理《むり》やり、勉強《べんきょう》に打《う》ちこむことにした。
私《わたし》にしてはけっこう長《なが》い時間《じかん》、集中《しゅうちゅう》して問題集《もんだいしゅう》を解《と》いていると……。
ポロン
くーちゃんの上《うえ》に置《お》いておいたスマホが鳴《な》った。
LINE《ライン》が来《き》たみたい。
見《み》ると……真二《しんじ》からだ。
なんだろう、と、おそるおそるスマホを開《ひら》いてみる。
『まだ起《お》きてるか？』
ポロン

『今《いま》から外《そと》に出《で》てこられない？』

え？

カーテンを開《あ》けて窓《まど》の外《そと》を見《み》ると、家《いえ》の前《まえ》に真二《しんじ》が立《た》っていた。

パーカーを着《き》ているけれど、ちょっと寒《さむ》そうに身《み》を縮《ちぢ》めてる。

信《しん》じられない思《おも》いで窓《まど》を開《あ》けると、冷《つめ》たい風《かぜ》が頬《ほお》をなでる。

もう四月《がつ》とはいえ、夜《よる》はまだ肌寒《はだざむ》い。

右手《みぎて》にスマホを持《も》つ真二《しんじ》が、こちらを見《み》あげたまま、いつもの笑顔《えがお》で「よっ」ともう片《かた》方《ほう》の手《て》をあげた。


外《そと》に出《で》てこられない？　って、真二《しんじ》はLINE《ライン》してきたけれど……。

私《わたし》はドキドキしていた。

こんな時間《じかん》に外《そと》に出《で》たことなんてないし、お父《とう》さんとお母《かあ》さんに見《み》つかったら怒《おこ》られる。

でもやっぱり、真二《しんじ》には会《あ》いたい。

スマホのカメラを鏡《かがみ》がわりにして、髪《かみ》が乱《みだ》れていないかチェックする。

それから上着《うわぎ》をはおって、一応《いちおう》マフラーも巻《ま》いて……。

「じゃあくーちゃん、行《い》ってくるね」

私《わたし》はお父《とう》さんとお母《かあ》さんにバレないように、そーっとドアを開《あ》けて、元《もと》にもどす。

つま先立《さきだ》ちでゆっくりと階段《かいだん》をおりて、音《おと》を立《た》てないように玄関《げんかん》を出《で》て……。

緊張《きんちょう》しながら出《で》てくると、真二《しんじ》が待《ま》っていた。

私《わたし》の顔《かお》を見《み》ると、真二《しんじ》はくるりと背中《せなか》を向《む》けて、歩《ある》きだす。

バレないように、そっと家《いえ》を抜《ぬ》けだしてきたっていうのに……。

真二《しんじ》ったら、スマホの画面《がめん》を見《み》ながら、ずんずん先《さき》に歩《ある》いていってしまう。

私《わたし》はとにかく真二《しんじ》の後《あと》についていくことにした。

「よし」

ずっとスマホを気《き》にしていた真二《しんじ》は、うちの近《ちか》くの公園《こうえん》まで来《き》たところで一《ひと》つ深呼吸《しんこきゅう》をして、立《た》ちどまる。

「ねえ、どうしたの？　こんな夜遅《よるおそ》くに」

私《わたし》は真二《しんじ》の背中《せなか》におそるおそる声《こえ》をかけた。

今日一日中《きょういちにちじゅう》、真二《しんじ》からだまされていたから、つい警戒《けいかい》してしまう。

真二《しんじ》は振《ふ》りかえって私《わたし》を見《み》た。

「今日《きょう》の帰《かえ》りに香織《かおり》の言葉《ことば》を聞《き》いて思《おも》ったんだ。俺《おれ》もちゃんと自分《じぶん》の気持《きも》ちを伝《つた》えなきゃって……」

「気持《きも》ち？」

「実《じつ》は俺《おれ》……ずっとおまえのことが好《す》きだった」

真二《しんじ》はまっすぐに私《わたし》を見《み》て言《い》った。

「だから、俺《おれ》とつきあってくれないか？」

「え？」

胸《むね》が、ドキドキしてきた。

でも……。

今日《きょう》の部活《ぶかつ》の帰《かえ》りの、秀樹《ひでき》と真二《しんじ》のやりとりが頭《あたま》をよぎる。

――クラスの女子《じょし》にテキトーに電話《でんわ》かけて告白《こくはく》してさ。気《き》まずくなったら『実《じつ》はあの、ウソなんです～』みたいなドッキリしない？

ふざけてそう言《い》った秀樹《ひでき》に、

――あーでも……けっこう、いい方法《ほうほう》かもな。

真二《しんじ》はそんなことを言《い》いかえしていた。

しかも……。

――エイプリルフールは、もっと笑《わら》えるウソがいいぞ。

真二《しんじ》は私《わたし》にそう言《い》った……。

だったらこれは、笑《わら》えるウソ？

「返事《へんじ》はいつでもいい。待《ま》ってる」

夜《よる》の公園《こうえん》で目《め》の前《まえ》に立《た》っている真二《しんじ》の声《こえ》を聞《き》いて、私《わたし》はハッと我《われ》に返《かえ》った。

「だから……」

真二《しんじ》がつづきを言《い》いかけたけど……。

「バカにしないでよ」

私《わたし》は真二《しんじ》の言葉《ことば》をさえぎってそう言《い》った。

「バカにしないで！」

思《おも》わず力《ちから》をこめて、真二《しんじ》の肩《かた》を突《つ》きとばす。

「ひどいよ……」

声《こえ》がふるえているのが、自分《じぶん》でもわかる。

そんな私《わたし》を見《み》て、真二《しんじ》は戸惑《とまど》っているけれど……。

「エイプリルフールだからでしょ？　私《わたし》をだましてるだけなんでしょ？」

最後《さいご》は、涙《なみだ》で声《こえ》がつまってしまう。

「なんで……？」

真二《しんじ》がたずねてくる。

「さっきからスマホばっかチラチラ見《み》て……。もしかして秀樹《ひでき》と連絡《れんらく》とりあってるの？」

私《わたし》は思《おも》いきって、言葉《ことば》をぶつけた。

「そんなことしてないけど」

「私《わたし》を笑《わら》いものにして、そんなに楽《たの》しい？」

「だからちがうって……」

「エイプリルフールなんか嫌《きら》い。真二《しんじ》なんか大《だい》っ嫌《きら》い！　もう顔《かお》も見《み》たくない!!」

自分《じぶん》でもおどろくぐらい、大《おお》きな声《こえ》が出《で》た。

いつのまにかあふれた涙《なみだ》が頬《ほお》をつたって地面《じめん》に落《お》ちる。

真二《しんじ》がこんなことする人《ひと》だなんて、ショックだった。

好《す》きな人《ひと》に遊《あそ》びで告白《こくはく》されるなんて……。

私《わたし》の心《こころ》は、どうしようもないくらいはげしく傷《きず》ついていた。

もうこうして立《た》っているのもつらい。

うちに帰《かえ》ろう。

私《わたし》は真二《しんじ》をその場《ば》に残《のこ》したまま、歩《ある》きだした。

「香織《かおり》、待《ま》って！」

後《うし》ろから真二《しんじ》が声《こえ》をかけてくる。

私《わたし》はその必死《ひっし》な声《こえ》に、思《おも》わず足《あし》を止《と》めた。

「今《いま》、何時《なんじ》か見《み》てみろよ」

「……なんで？」

背中《せなか》を向《む》けたまま、たずねた。

すると真二《しんじ》が走《はし》ってきた。そして私《わたし》の前《まえ》に立《た》つ。

「いいから、時間《じかん》見《み》ろって！」

どこかあせっている様子《ようす》の真二《しんじ》にしつこく言《い》われて、私《わたし》はポケットからスマホを出《だ》した。

「もう0時過《れいじす》ぎてる」

画面《がめん》には『0：08』と表示《ひょうじ》されている。

「そう。だから、もうエイプリルフールはとっくに終《お》わってるよな」

真二《しんじ》が、私《わたし》に言《い》いきかせるように、真面目《まじめ》な口調《くちょう》で言《い》った。

「え……」

「今《いま》の告白《こくはく》は、ちゃんと日付《ひづけ》が変《か》わってから言《い》ったから」

さっきここまで歩《ある》いてくるとき……。

真二《しんじ》はスマホで0時《れいじ》を過《す》ぎたことを確認《かくにん》して「よし」って言《い》ったんだ……。

私《わたし》は真二《しんじ》の様子《ようす》を思《おも》い出《だ》していた。

「香織《かおり》をだますつもりないし、傷《きず》つけるつもりもなくて」

真二《しんじ》はまっすぐに私《わたし》を見《み》て言《い》おうとして……。

「でも、もしおまえにフラれたら、エイプリルフールだからって言《い》い訳《わけ》できるだろ？」

少《すこ》しすねたように言《い》いながら、照《て》れくさそうに目《め》をそらす。

そんな真二《しんじ》がいとおしくなったのと、自分《じぶん》が意地《いじ》を張《は》っていたことが恥《は》ずかしくなって……。

思《おも》わずふっと笑《え》みをもらした。

「……男《おとこ》のウソだってめんどくさいよ」

そして真二《しんじ》を、少《すこ》しだけにらんでみる。

「……うん」

真二《しんじ》はホッとしたように、笑《わら》った。

「だけど俺《おれ》、本気《ほんき》で香織《かおり》のこと好《す》きだから。その気持《きも》ちは絶対《ぜったい》にウソじゃない。いつもくだらないことばっか言《い》ってる俺《おれ》を見《み》て笑《わら》ってくれる、その笑顔《えがお》が大好《だいす》きなんだ。だから俺《おれ》と、つきあってください」

真二《しんじ》はもう一度《いちど》、真剣《しんけん》に私《わたし》のことを見《み》つめて言《い》った。

「うん……」

私《わたし》はうつむいたまま、歩《ある》きだした。そして、つったっている真二《しんじ》の横《よこ》を通《とお》りすぎる。

「……んーでも、私《わたし》、今年《ことし》受験《じゅけん》だし、恋愛《れんあい》してるヒマないかも」

立《た》ちどまって、真二《しんじ》に背中《せなか》を向《む》けたまま、言《い》ってみる。

「え？」

真二《しんじ》がマヌケな声《こえ》をあげた。

私《わたし》は何秒《なんびょう》か間《ま》をあけてから、顔《かお》じゅうに笑《え》みを浮《う》かべて振《ふ》りかえった。

「ウッソー」

私《わたし》の言葉《ことば》を聞《き》いた真二《しんじ》は、ぽかんと口《くち》を開《あ》けている。

「もう！　日付変《ひづけか》わったって言《い》っただろ！」

「いつもからかわれてるから、そのお返《かえ》しだよ～」

ふざけてそう言《い》うと、真二《しんじ》が口《くち》をとがらせながら、私《わたし》の腕《うで》をこづいてくる。

「さっきの真二《しんじ》、こーんな顔《かお》してたよ」

私《わたし》はわざと変顔《へんがお》をしてみせた。

「あー、もうやめろって！」

子《こ》どもみたいにすねている真二《しんじ》がおかしくて笑《わら》っていると、悔《くや》しそうにしていた真二《しんじ》は急《きゅう》に真顔《まがお》になった。

「さ、早《はや》く帰《かえ》らないと。送《おく》ってくよ。ごめんな、夜遅《よるおそ》くに」

真二《しんじ》は、男《おとこ》らしく言《い》う。

「……うん」

そういえば、ここは夜《よる》の公園《こうえん》。

真二《しんじ》と二人《ふたり》きり……。

そして今日《きょう》から、彼氏《かれし》と、彼女《かのじょ》……。

そう思《おも》ったら急《きゅう》に恥《は》ずかしくなってきた。

でもそれは真二《しんじ》も同《おな》じみたい。

「あー、なんだか寒《さむ》いな。香織《かおり》の上着《うわぎ》貸《か》してよ」

「えー、それじゃあ私《わたし》が寒《さむ》いよぉ」

「じゃあこっち貸《か》して」

真二《しんじ》は私《わたし》が巻《ま》いていたマフラーをとって、自分《じぶん》の首《くび》に巻《ま》く。

「へっくしゅん。ほら、風邪《かぜ》ひいたかも！」

「今《いま》のはウソのくしゃみでしょー」

私《わたし》たちはお互《たが》いにドキドキするのをごまかすように、またふざけはじめた。


新学期《しんがっき》からは、いつもとちがう学校生活《がっこうせいかつ》がはじまりそう。

私《わたし》はそんな予感《よかん》に、胸《むね》をときめかせていた。

2

消《け》せない想《おも》い

冬《ふゆ》が終《お》わり、あたりの木々《きぎ》の枝《えだ》につぼみがふくらみはじめる季節《きせつ》……。

登校《とうこう》した私《わたし》は、二年《ねん》A《エー》組《ぐみ》の黒板《こくばん》の日直《にっちょく》の欄《らん》に『木野江美《きのえみ》』と、自分《じぶん》の名前《なまえ》を書《か》いていた。

「おはよう、江美《えみ》」

と、そこに親友《しんゆう》のシズカが登校《とうこう》してきた。

「おはよう」

私《わたし》も笑顔《えがお》を返《かえ》す。

「ねえねえねえ、昨日《きのう》の英語《えいご》の宿題《しゅくだい》でさ……」

シズカがカバンの中《なか》からノートを出《だ》して、私《わたし》にたずねてくる。

私《わたし》とシズカは同《おな》じ小学校出身《しょうがっこうしゅっしん》。

小学五年生《しょうがくねんせい》のときから、中学二年生《ちゅうがくねんせい》の今《いま》まで、ずっとクラスがいっしょで、大親友《だいしんゆう》。

シズカはいつも誰《だれ》かに恋《こい》をしている。

そしてそれが誰《だれ》なのか、かならず私《わたし》にだけ話《はな》してくれる。

「あのね。折《お》り紙《がみ》に同《おな》じ色《いろ》のペンで好《す》きな人《ひと》の名前《なまえ》を書《か》いて、ハート形《がた》に折《お》って持《も》ってると両想《りょうおも》いになれるんだって！」とか、「左手《ひだりて》に好《す》きな人《ひと》の名前《なまえ》を書《か》いて、ばんそうこうを三日間《みっかかん》貼《は》っておくと仲《なか》よくなれるんだよ！」とか。

小学生《しょうがくせい》の頃《ころ》はとくに、休《やす》み時間中《じかんちゅう》はいつも恋《こい》のおまじないの話《はなし》で盛《も》りあがっていた。

「江美《えみ》は誰《だれ》か好《す》きな人《ひと》いないの？　江美《えみ》もいっしょにおまじないやろうよー」

と、シズカによく言《い》われた。

だけど、これまであんまり誰《だれ》かを好《す》きになる、っていう気持《きも》ちがわからなかった私《わたし》は、いつも「えー、私《わたし》はいいよー」と答《こた》えていた。

私《わたし》は、ワクワクした表情《ひょうじょう》でおまじないをしているシズカを見《み》ているだけで楽《たの》しかった。

小学校《しょうがっこう》を卒業《そつぎょう》して、中学生《ちゅうがくせい》になっても、私《わたし》たちの関係《かんけい》は変《か》わらない。

そう思《おも》っていた……。

「この問題《もんだい》なんだけどさ、よくわからなくて」

シズカが問題《もんだい》を指《ゆび》さした。

「それ、過《か》去《こ》形《けい》使《つか》えばいいんだよ。ほら、あの……」

私《わたし》が単語《たんご》の活用《かつよう》を思《おも》い出《だ》そうとしていると……。

「そうだ、ねえねぇ、これ知《し》ってる？」

シズカは急《きゅう》に私《わたし》のセーラー服《ふく》の袖《そで》をひっぱって、窓《まど》のところまで行《い》く。

そして学生《がくせい》カバンの中《なか》から、消《け》しゴムを手《て》にとった。

シズカはケースをはずして、私《わたし》に見《み》せてくる。

そこには『涼介《りょうすけ》♡』と書《か》いてあった。

「消《け》しゴムに緑色《みどりいろ》のペンで好《す》きな人《ひと》の名前《なまえ》を書《か》いて、その消《け》しゴムを使《つか》いおわると好《す》きな人《ひと》と両想《りょうおも》いになれるんだって～」

シズカは照《て》れくさそうに笑《わら》っている。


今《いま》、シズカの好《す》きな人《ひと》は、同《おな》じクラスの人吉涼介《ひとよしりょうすけ》くん。

スポーツマンで、さわやかで、話《はな》しやすくて、クラスの女子《じょし》にも人気《にんき》がある。

「何《なに》？　シズカ、中学生《ちゅうがくせい》になってまで、まだそんなおまじない信《しん》じてるの？」

私《わたし》はクールぶって言《い》ってみた。

「そう！　私《わたし》は乙女《おとめ》なんです！　それにけっこう流行《はや》ってるんだよ～」

すねたように口《くち》をとがらせながら、シズカは私《わたし》に思《おも》いっきり抱《だ》きついてきた。

シズカのこういうところって、すごく女《おんな》の子《こ》らしくてうらやましい。

シズカはかわいい系《けい》キャラ。

そして私《わたし》がクール系《けい》のキャラ。

私《わたし》たちはいつのまにか、そういう役割分担《やくわりぶんたん》になっていた。

「あーはいはい」

私《わたし》が笑《わら》いながらうなずいたとき、

「おはよう」

と、声《こえ》をかけられた。

この声《こえ》は……。

顔《かお》をあげると、登校《とうこう》してきた涼介《りょうすけ》くんがいる。

涼介《りょうすけ》くんの席《せき》は、一番窓側《いちばんまどがわ》の列《れつ》の前《まえ》から二番目《ばんめ》。

カバンの中《なか》から出《だ》した教科書《きょうかしょ》を、自分《じぶん》の机《つくえ》の中《なか》にしまっている。

「涼介《りょうすけ》くん、おはよう」

私《わたし》は普通《ふつう》に反応《はんのう》した。

その横《よこ》で、シズカは急《いそ》いで消《け》しゴムをケースにしまう。

そしてあわてながら、

「おはよう」

と、あいさつをした。

「今《いま》、何《なに》かくしたの？」

涼介《りょうすけ》くんはシズカの動《うご》きに気《き》づいたみたい。

「……いや、別《べつ》になんにもかくしてないよね？」

シズカが私《わたし》の顔《かお》を見《み》る。

「……うんうん」

私《わたし》もシズカに合《あ》わせてうなずいた。

「もしかして、アレ？　消《け》しゴムのおまじないのヤツ？」

涼介《りょうすけ》くんは顔《かお》をあげて、私《わたし》たち二人《ふたり》の顔《かお》を順番《じゅんばん》に見《み》た。

「あ……」

私《わたし》は思《おも》わず、声《こえ》に出《だ》してしまう。

「図星《ずぼし》」

涼介《りょうすけ》くんはふっと笑《わら》った。

「ガキだなぁ〜。ってても、俺《おれ》もやってるけど」

「「え〜〜〜？」」

今度《こんど》はシズカと同時《どうじ》に声《こえ》をあげちゃった。

長身《ちょうしん》でカッコいい、部活《ぶかつ》のサッカー一筋《ひとすじ》、って感《かん》じの涼介《りょうすけ》くんが、そんな、乙女《おとめ》みたいなことしてるなんて、意外《いがい》すぎる。

だけど、照《て》れくさそうにしてる涼介《りょうすけ》くんを見《み》ていると、そのギャップがちょっとかわいいな、なんて、思《おも》ったりして。

「で、シズカは誰《だれ》の名前《なまえ》、書《か》いたの？」

涼介《りょうすけ》くん、そうきたか。

ストレートに聞《き》いちゃうのか。

「いや、それは……」

シズカは少《すこ》しほっぺたを赤《あか》くして口《くち》ごもっている。

そりゃそうだよね、言《い》えるわけないよね。

ここでホントのことを言《い》ったら、告白《こくはく》になっちゃうもん。

「ナ・イ・ショ！」

シズカはかわいくごまかした。

「江美《えみ》は？」

涼介《りょうすけ》くんがたずねてくる。

「え、私《わたし》？　私《わたし》はそういうの信《しん》じないから……」

私《わたし》はとぼけて笑《わら》ってみせる。

「そういうとこ、江美《えみ》らしいよな」

涼介《りょうすけ》くんにもそう言《い》われちゃった。

やっぱり私《わたし》って、ちょっと冷《さ》めてるのかな？

と、そこにチャイムが鳴《な》って、担任《たんにん》の先生《せんせい》が入《はい》ってきた。

私《わたし》とシズカは急《いそ》いで席《せき》に着《つ》く。

私《わたし》の席《せき》は窓側《まどがわ》から二列目《れつめ》の前《まえ》から三番目《ばんめ》。涼介《りょうすけ》くんのななめ後《うし》ろ。
机《つくえ》の中《なか》から教科書《きょうかしょ》と筆箱《ふでばこ》を出《だ》した私《わたし》は、筆箱《ふでばこ》の中《なか》から消《け》しゴムを出《だ》した。
そして、そっとケースをはずしてみる。

そこには、涼介《りょうすけ》くんの名前《なまえ》が、緑色《みどりいろ》のペンで書《か》いてある。

本当《ほんとう》は、私《わたし》も、涼介《りょうすけ》くんのことが好《す》き。

最初《さいしょ》のきっかけは、涼介《りょうすけ》くんが欠席《けっせき》した次《つぎ》の日《ひ》に「ノート貸《か》して」って言《い》われたこと。

そして返《かえ》してくれるときに「江美《えみ》って、すげー、字《じ》キレイだな」って言《い》ってくれた。

その言《い》い方《かた》になんだかドキッとしてしまって……。

「俺《おれ》さー、ものすごく、字《じ》ヘタだから、うらやましいわー」

そう言《い》う涼介《りょうすけ》くんのノートをちらっとのぞいてみると、ものすごく豪快《ごうかい》な文字《もじ》が飛《と》びこんできた。

「……たしかに」

思《おも》わずつぶやいてしまった私《わたし》の顔《かお》を見《み》て、涼介《りょうすけ》くんは「ひでー」と笑《わら》う。

「だって自分《じぶん》でヘタだって言《い》ったじゃん」

「自分《じぶん》で言《い》うのはいいけど人《ひと》に言《い》われるのはショックなんだよ」

「別《べつ》に私《わたし》、ヘタだなんて言《い》ってないじゃん。ただちょっとおどろいただけで……」

「同《おな》じことだよ！」

そんなふうに、気軽《きがる》に話《はなし》をするようになって……家《いえ》にいるときも涼介《りょうすけ》くんのことを考《かんが》えるようになって……これが「好《す》き」ってことなのかなって、気《き》がついた。


もう授業《じゅぎょう》はじまっているけれど、私《わたし》はそっと、涼介《りょうすけ》くんの横顔《よこがお》を見《み》た。

こうして授業中《じゅぎょうちゅう》も時々《ときどき》、涼介《りょうすけ》くんの横顔《よこがお》を見《み》ている。

だけど、シズカが涼介《りょうすけ》くんを好《す》きだって、先《さき》に知《し》っちゃったから……この想《おも》いは、口《くち》には出《だ》せない。

ずっと、心《こころ》に秘《ひ》めていないといけない。

だから私《わたし》のこの恋《こい》は、どこにも行《い》き場《ば》がない。

でもせめて……。

消《け》しゴムのおまじないが流行《はや》っていると知《し》った私《わたし》は、想《おも》いをこめて、やってみた。

言葉《ことば》にすることはできなくても、せめて、想《おも》いだけでも通《つう》じるといいな。

なんて……ガラにもなくかわいいことを思《おも》ってみたりもしたんだけど……。

手《て》ににぎった消《け》しゴムを見《み》ていた私《わたし》は、そっとななめ前《まえ》の涼介《りょうすけ》くんを見《み》た。

そんな私《わたし》の様子《ようす》を、すぐななめ後《うし》ろの席《せき》のシズカがジーッと見《み》ていることには、まったく気《き》づいていなかった。


その日《ひ》、私《わたし》の班《はん》は、教室《きょうしつ》の掃除当番《そうじとうばん》だった。

だいたい掃《は》きおわったから、後《うし》ろにさげた机《つくえ》を、元《もと》にもどさなくちゃ。

まずは窓側《まどがわ》の列《れつ》から机《つくえ》を運《はこ》んじゃおう。

二番目《ばんめ》は、涼介《りょうすけ》くんの机《つくえ》。

そう思《おも》うと、胸《むね》がときめく。

「あっ」

ななめにかたむけたときに、中《なか》から教科書《きょうかしょ》や筆箱《ふでばこ》が落《お》ちてしまった。

教科書《きょうかしょ》とノートを拾《ひろ》いあつめて、あとは……筆箱《ふでばこ》。

涼介《りょうすけ》くんの青《あお》い筆箱《ふでばこ》を見《み》ると、つい、意識《いしき》してしまう。

「気《き》になるの？」

と、突然《とつぜん》、背後《はいご》から声《こえ》をかけられた。

シズカだ。

同《おな》じ班《はん》のシズカは、ほうきを手《て》にして私《わたし》を見《み》ている。

「な、何《なに》が？」

「涼介《りょうすけ》くんの消《け》しゴムに誰《だれ》の名前《なまえ》が書《か》いてあるのか？」

「別《べつ》に……」

私《わたし》は意地《いじ》を張《は》って、教科書《きょうかしょ》とノートを机《つくえ》の中《なか》にしまう。

「じゃあ、私《わたし》が見《み》ちゃおっかな」

シズカは筆箱《ふでばこ》を拾《ひろ》いあげて、中《なか》を開《あ》けようとする。

「やめなよ、シズカ！」

勝手《かって》に見《み》るなんてよくない。

それに……コワい気持《きも》ちがあった。

涼介《りょうすけ》くんの好《す》きな人《ひと》が誰《だれ》かなんて、知《し》りたくない。

もし知《し》っちゃったら、私《わたし》、どんな顔《かお》して涼介《りょうすけ》くんと話《はな》したらいいのかわからなくなっちゃう。

「ちょっとぐらい、いいじゃん♡」

シズカは涼介《りょうすけ》くんの筆箱《ふでばこ》を開《あ》けて、消《け》しゴムを出《だ》した。

「やめ……」

もう一度《いちど》止《と》めようとしたけれど、シズカはもうすでに筆箱《ふでばこ》を開《あ》けて消《け》しゴムを手《て》にとっていた。

そしてゆっくりとケースをずらしていく。

そこには『シ』の文字《もじ》が見《み》えた。

シズカが笑《え》みを浮《う》かべたとき……。

「おい！」

部活《ぶかつ》に行《い》ったはずの涼介《りょうすけ》くんが、ちょうど教室《きょうしつ》に入《はい》ってきた。

ピンチ！

どうしようかと思《おも》っていると、シズカは私《わたし》にさっと筆箱《ふでばこ》を渡《わた》した。

反射的《はんしゃてき》に受《う》けとってしまった私《わたし》は、涼介《りょうすけ》くんから見《み》えないように後《うし》ろ手《で》にかくす。

「何《なに》してんの？」

涼介《りょうすけ》くんが近《ちか》づいてくる。

「江美《えみ》が机《つくえ》の中《なか》のものこぼしちゃって……」

シズカは言《い》った。

「ごめん」

もう、ごまかせない。

私《わたし》は筆箱《ふでばこ》を涼介《りょうすけ》くんの机《つくえ》の上《うえ》に置《お》いた。

「もしかして……見《み》た？」

「別《べつ》に、何《なに》も見《み》てないよ」

シズカはそう言《い》って、床《ゆか》に置《お》いていたほうきを手《て》にとった。

「うん。見《み》てない……」

私《わたし》は涼介《りょうすけ》くんの目《め》をまっすぐに見《み》ることができずに、うつむいて言《い》った。

「そっか……なんか、キツい言《い》い方《かた》してごめん。部活《ぶかつ》行《い》くわ」

「涼介《りょうすけ》くん、何《なに》か忘《わす》れ物《もの》？」

シズカがたずねる。

「ああ、そうそう。その筆箱《ふでばこ》と体操着《たいそうぎ》」

涼介《りょうすけ》くんは私《わたし》たちに「じゃ」と言《い》って、机《つくえ》の上《うえ》の筆箱《ふでばこ》を手《て》にとった。そして、ロッカーの上《うえ》に置《お》いてあった体操着《たいそうぎ》の袋《ふくろ》を手《て》にとって、教室《きょうしつ》を走《はし》りでていった。

涼介《りょうすけ》くんはシズカが好《す》きなんだ……。

ショックを受《う》けていることを、態度《たいど》に出《だ》さないようにしなくちゃいけないのだけど……。

私《わたし》はシズカの前《まえ》でうまく笑《わら》えそうもなかった。

その数日後《すうじつご》——。

下校《げこう》の時間《じかん》、私《わたし》が靴《くつ》をはこうとしていると、誰《だれ》かが走《はし》ってくる足音《あしおと》が聞《き》こえてきた。

「江美《えみ》！」

「涼介《りょうすけ》くん」

涼介《りょうすけ》くんが、何《なに》か言《い》いたそうな顔《かお》で立《た》っている。

「なぁ、今度《こんど》の日曜日《にちようび》さ、図書館《としょかん》行《い》ってテスト勉強《べんきょう》しない？」

「え!?」

あまりにおどろいて、私《わたし》は目《め》を見開《みひら》いた。

「あ、もちろん、シズカも誘《さそ》って三人《にん》で……」

涼介《りょうすけ》くんが少《すこ》し顔《かお》を赤《あか》くして、アタフタしながら言《い》う。

「あ、そうだよね……」

涼介《りょうすけ》くんの好《す》きな人《ひと》はシズカだもんね。

「うん」

「わかった。シズカに聞《き》いとく」

「サンキュー、じゃあまた明日《あした》！」

涼介《りょうすけ》くんはホッとしたような笑《え》みを浮《う》かべて走《はし》っていった。

シズカといっしょに勉強《べんきょう》できることが、そんなにうれしいのかな。

好《す》きな人《ひと》だもん、うれしいよね。

私《わたし》は小《ちい》さくため息《いき》をついて、涼介《りょうすけ》くんの靴箱《くつばこ》を見《み》つめた。


「江美《えみ》がこんなにひどい女《おんな》だって思《おも》わなかった〜」

と、耳元《みみもと》で、シズカの声《こえ》がした。

「シズカ！」

おどろいて振《ふ》りかえると、いつのまにかシズカが後《うし》ろに立《た》っていた。

「親友《しんゆう》の私《わたし》が好《す》きな男《おとこ》の子《こ》とそんなに仲《なか》よくしちゃってさー」

「そんなこと……」

「実《じつ》は、江美《えみ》も涼介《りょうすけ》くんのこと好《す》きになったとか？」

シズカが私《わたし》の顔《かお》をのぞきこんでくる。

その目《め》はまったく笑《わら》っていない。

「ちがうって！」

私《わたし》はあわてて否定《ひてい》した。

「……じゃあ、涼介《りょうすけ》くんと何話《なにはな》してたの？」

「今度《こんど》の日曜日《にちようび》、図書館《としょかん》でテスト勉強《べんきょう》しようって。も、もちろんシズカも誘《さそ》って二人《にん》でだよ」

「ふ〜ん。じゃあ、江美《えみ》は行《い》けないよね」

「え」

一瞬《いっしゅん》、意味《いみ》がわからなくてぽかんとしてしまう。

「だって、見《み》たでしょ？　涼介《りょうすけ》くんの消《け》しゴム」

「……うん」

わかってる。わかってるけど……。

「あと……もう涼介《りょうすけ》くんに近《ちか》づかないでよね」

シズカは私《わたし》の耳元《みみもと》で再《ふたた》びささやいた。

「だって……私《わたし》たち」

そして、天使《てんし》のようににっこりと笑《わら》って、

「親友《しんゆう》でしょ？」

と、たずねてくる。

そうだよね。

私《わたし》たち、親友《しんゆう》だもん。

親友《しんゆう》を裏切《うらぎ》るなんて、絶対《ぜったい》にしちゃいけない。

「……うん」

私《わたし》は必死《ひっし》に笑顔《えがお》を作《つく》って、うなずいた。


それから数週間《すうしゅうかん》経《た》った、ある日《ひ》の昼休《ひるやす》み――。

私《わたし》とシズカは、ほかの女子《じょし》たち何人《なんにん》かと廊下《ろうか》で話《はな》していた。

そのとき、シズカがぱあっと明《あか》るい笑《え》みを浮《う》かべて、手《て》を振《ふ》った。

顔《かお》をあげると、涼介《りょうすけ》くんが教室《きょうしつ》にもどってくるところだった。

涼介《りょうすけ》くんも片手《かたて》をあげて、シズカにこたえる。

私《わたし》は二人《ふたり》から目《め》をそらしてうつむいた。

涼介《りょうすけ》くんはそのまま通《とお》りすぎていき、シズカはさっきよりもテンション高《たか》めに、みんなと話《はな》しだす。

シズカからもう涼介《りょうすけ》くんに近《ちか》づかないでって言《い》われた日《ひ》から、目《め》も合《あ》わせないようにしていた。


あの、図書館《としょかん》で勉強《べんきょう》しようって約束《やくそく》した翌日《よくじつ》の月曜日《げつようび》……。

「江美《えみ》、昨日《きのう》、急《きゅう》に都合悪《つごうわる》くなったたって聞《き》いたけど……」

と、涼介《りょうすけ》くんが声《こえ》をかけてきた。

でも、シズカの視線《しせん》が気《き》になった私《わたし》は、

「ああ、うん、ごめんね」

と、曖昧《あいまい》にごまかして、すぐに目《め》をそらした。

それからは涼介《りょうすけ》くんも話《はな》しかけてこない。

私《わたし》は、涼介《りょうすけ》くんがだんだんと遠《とお》い人《ひと》になっていくのを感《かん》じていた。


シズカが涼介《りょうすけ》くんに手《て》を振《ふ》る様子《ようす》を見《み》て落《お》ちこんでいた日《ひ》の帰《かえ》り、委員会《いいんかい》に出席《しゅっせき》していた私《わたし》は、一人《ひとり》で自転車《じてんしゃ》置《お》き場《ば》に向《む》かっていた。

もう外《そと》はけっこう暗《くら》くなっている。

白《しろ》いヘルメットを出《だ》して、あごひもをパチンと留《と》めたとき、カバンの中《なか》の携帯《けいたい》がふるえた。

遅《おそ》くなっちゃったからお母《かあ》さんが心配《しんぱい》してかけてきたのかな？

急《いそ》いで出《で》てみると……。

『もしもし江美《えみ》？』

「あ、シズカ？」

電話《でんわ》をかけてきたのは、シズカだ。

シズカは委員会《いいんかい》に入《はい》っていないから、今日《きょう》は早《はや》く下校《げこう》しているはず。

『江美《えみ》にお願《ねが》いがあるんだけど』

どこか甘《あま》えてくるようなシズカの声《こえ》に、私《わたし》はなんだろう、と、少《すこ》し緊張《きんちょう》する。

「何《なに》？」

『明日《あした》、私《わたし》、涼介《りょうすけ》くんに告《こく》ろうと思《おも》ってて』

シズカの言葉《ことば》が、胸《むね》に突《つ》きささった。

一番《いちばん》、聞《き》きたくなかった言葉《ことば》かもしれない。

鼓動《こどう》がどんどん、速《はや》くなってくる。

『だから……一人《ひとり》じゃ不安《ふあん》だから、江美《えみ》、いっしょについてきてくれない？』

「え……」

『お願《ねが》い。私《わたし》たち、親友《しんゆう》でしょ？』

シズカの言《い》い方《かた》は、絶対《ぜったい》に断《ことわ》ることはできないような圧《あつ》を感《かん》じさせた。

私《わたし》は一瞬《いっしゅん》、言葉《ことば》を失《うしな》った。

「うん……わかった」

『じゃあまた明日《あした》ね』

シズカが先《さき》に電話《でんわ》を切《き》った。

私《わたし》はため息《いき》をつきながら電話《でんわ》を切《き》って、カバンにしまう。

ついに恐《おそ》れていた日《ひ》が、やってきたんだ……。

私《わたし》はスカートのポケットから自分《じぶん》の消《け》しゴムを出《だ》して『涼介《りょうすけ》』と書《か》いた文字《もじ》を見《み》つめた。

ゴミ箱《ばこ》に捨《す》ててしまおうか。

そんな考《かんが》えが頭《あたま》をよぎる。

でも……できない。

携帯《けいたい》を裏返《うらがえ》してみると、プリクラのシールが貼《は》ってある。

中学《ちゅうがく》に入学《にゅうがく》したばかりの頃《ころ》、はじめてシズカと二人《ふたり》だけで電車《でんしゃ》に乗《の》って遊《あそ》びに出《で》かけたときに撮《と》ったプリクラ。

写真《しゃしん》の中《なか》の私《わたし》とシズカは、顔《かお》をよせあって笑《わら》っていて、『ずっとともだち♡江《え》美《み》&《アンド》シズカ』と書《か》いてある。

このプリクラを撮《と》った頃《ころ》は、こんな日《ひ》が来《く》るなんて思《おも》ってもいなかった……。

明日《あした》、シズカが告白《こくはく》したら、二人《ふたり》は両想《りょうおも》いになっちゃうんだ……。

そう思《おも》うと、つらくてたまらなかった。


翌日《よくじつ》、シズカは涼介《りょうすけ》くんを学校裏《がっこううら》にあるプールに、放課後《ほうかご》呼びだした。

私《わたし》がのろのろと帰《かえ》りのしたくをしていると、

「行《い》こう、江美《えみ》」

シズカが声《こえ》をかけてきた。

「昨日《きのう》、ついてきてくれるって言《い》ったよね？」

「……あ、うん」

私《わたし》たちは教室《きょうしつ》を出《で》て歩《ある》きだした。

「緊張《きんちょう》するー。でも、消《け》しゴムに私《わたし》の名前《なまえ》が書《か》いてあったから大丈夫《だいじょうぶ》だよね？」

シズカは不安気《ふあんげ》な言葉《ことば》を口《くち》にしながらも、余裕《よゆう》の笑《え》みを浮《う》かべている。

「じゃあ、ここで待《ま》ってて」

プールに到着《とうちゃく》すると、シズカは私《わたし》に、フェンスの外《そと》で待《ま》ってて、と言《い》った。

「え？　なんで？」

告白《こくはく》の現場《げんば》まで見《み》てなくちゃいけないの？

それはあまりにも残酷《ざんこく》……。

二人《ふたり》がうまくいくところなんて、見《み》たくない。

「あ、私《わたし》、教室《きょうしつ》にもどってる……」

言《い》いかけた私《わたし》をさえぎって、

「私《わたし》は中《なか》で涼介《りょうすけ》くんを待《ま》ってるからさ。絶対《ぜったい》待《ま》っててね」

シズカは自信《じしん》にみちあふれた様子《ようす》で言《い》うと、軽《かろ》やかな足《あし》どりでプールの中《なか》に入《はい》っていった。

しかたなくそこにいると、やがて涼介《りょうすけ》くんがやってきた。

私《わたし》はさっとしゃがみこんで身《み》をかくした。

「涼介《りょうすけ》くん」

シズカが笑顔《えがお》になる。

「話《はなし》って何《なに》？」

涼介《りょうすけ》くんは、シズカから少《すこ》し離《はな》れた場所《ばしょ》に立《た》った。

「……実《じつ》は私《わたし》、前《まえ》から涼介《りょうすけ》くんのことが好《す》きだったんだ」

シズカははにかみながら言《い》った。

私《わたし》は思《おも》わず、顔《かお》をそむけた。

「だから、あの……私《わたし》とつきあってくれない？」

シズカが言《い》うと、数秒間《すうびょうかん》、沈黙《ちんもく》が流《なが》れた。

私《わたし》はおそるおそる中《なか》の様子《ようす》をうかがってみた。

ちょうど午後《ごご》の日差《ひざ》しがさしこんできて、二人《ふたり》の表情《ひょうじょう》がはっきりと見《み》えない。

「ごめん」

涼介《りょうすけ》くんが口《くち》を開《ひら》いた。

「え？　なんで？　涼介《りょうすけ》くんの消《け》しゴムには私《わたし》の名前《なまえ》が書《か》いてあって……」

シズカが声《こえ》をふるわせる。

「やっぱり見《み》たんだ」

涼介《りょうすけ》くんが言《い》う。

「あ……」

「とにかく、俺《おれ》、ほかに好《す》きな子《こ》がいるんだ。だから、シズカとはつきあえない、ごめん！」

涼介《りょうすけ》くんははっきりそう言《い》うと、シズカに頭《あたま》をさげた。

しばらく呆然《ぼうぜん》としていたシズカは、その場《ば》から逃《に》げだすように走《はし》りさった。

プールに残《のこ》った涼介《りょうすけ》くんは、フェンスの外《そと》にいる私《わたし》に聞《き》こえるぐらい大《おお》きなため息《いき》をついた。

そして飛《と》びこみ台《だい》に座《すわ》って、自分《じぶん》の腿《もも》をこぶしで叩《たた》いた。

その姿《すがた》は、まるで自分《じぶん》を責《せ》めているみたいだった。

「シズカ！」

私《わたし》は、校舎《こうしゃ》の片隅《かたすみ》で泣《な》いているシズカに声《こえ》をかけた。

だけど、こんなとき何《なに》を言《い》ってあげたらいいのかわからなくて、言葉《ことば》につまってしまう。

親友《しんゆう》なんだからシズカの気持《きも》ちによりそってあげないといけないのに、どこか胸《むね》の中《なか》でホッとしている自分《じぶん》がいる。

そんな自分《じぶん》のことが、すごくイヤだった。

「あ、あのさ。きっとシズカにはもっといい人《ひと》が……」

ためらっていると、シズカが私《わたし》を見《み》た。

「やめてよ、私《わたし》、知《し》ってるんだから！」

「え？」

「江美《えみ》がいっつも涼介《りょうすけ》くんのこと見《み》てたの、知《し》ってた。私《わたし》、ずっと江美《えみ》の本当《ほんとう》の気持《きも》ち、言《い》ってほしかったんだよ！　だって、私《わたし》たち親友《しんゆう》でしょ！」

「それは……」

「そんなふうにウジウジしてるの江美《えみ》らしくないよ！　江美《えみ》はいっつもクールぶって、本当《ほんとう》のこと、何《なに》も言《い》ってくれないよね？」

「シズカ、ごめん。そんなつもりじゃ……」

「今日《きょう》はもう私《わたし》のことはほっといて！」

シズカは大《おお》きな瞳《ひとみ》に涙《なみだ》をためたまま私《わたし》をにらみつけると、そのまま走《はし》っていってしまった。

とぼとぼと教室《きょうしつ》に入《はい》っていくと、誰《だれ》もいなかった。

カバンを手《て》に教室《きょうしつ》を出《で》ようとすると、ななめ前《まえ》の涼介《りょうすけ》くんの机《つくえ》が目《め》に入《はい》った。

机《つくえ》の横《よこ》には、涼介《りょうすけ》くんの体操着《たいそうぎ》の袋《ふくろ》がかかっている。

『人吉涼介《ひとよしりょうすけ》』。

相変《あいか》わらず豪快《ごうかい》な涼介《りょうすけ》くんの文字《もじ》が目《め》に入《はい》ってくる。

私《わたし》はしばらくその文字《もじ》を見《み》ていた。

昇降口《しょうこうぐち》は夕陽《ゆうひ》がさしこんで、オレンジ色《いろ》に染《そ》まっていた。

うわばきから靴《くつ》にはきかえていると、

「なあ……江美《えみ》」

後《うし》ろから名前《なまえ》を呼《よ》ばれた。

ビクリとして振《ふ》りかえると、涼介《りょうすけ》くんが立《た》っていた。

「涼介《りょうすけ》くん……」

深刻《しんこく》な顔《かお》をして立《た》っている涼介《りょうすけ》くんに何《なに》を言《い》ったらいいのかわからなくて、私《わたし》は黙《だま》っていた。

涼介《りょうすけ》くんも何《なに》も言《い》わない。

二人《ふたり》の間《あいだ》に、沈黙《ちんもく》が流《なが》れた。

「俺《おれ》……」

涼介《りょうすけ》くんがぎゅっとこぶしを握《にぎ》って、口《くち》を開《ひら》いた。

「江美《えみ》のことがずっと、好《す》きでした」

え……。

予想《よそう》もしていなかった言葉《ことば》に、思《おも》わず声《こえ》をあげそうになった。

「……でも、涼介《りょうすけ》くんの消《け》しゴムにはシズカって」

「おまえも見《み》てたんだ……」

「えっ」

「シズカもさっき同《おな》じこと言《い》ってたから」

「ごめん……」

「でも、シズカって書《か》いてないから」

涼介《りょうすけ》くんはきっぱりと言《い》った。

「……でも」

私《わたし》が言《い》うと、涼介《りょうすけ》くんはしゃがみこんで、カバンの中《なか》から消《け》しゴムを出《だ》した。

そして私《わたし》にポン、とほうりなげてくる。

落《お》としそうになりながらもなんとかキャッチした私《わたし》が涼介《りょうすけ》くんを見《み》ると、こくりとうなずく。

私《わたし》はゆっくりとケースをずらしていった。

「……ほら、やっぱり」

掃除《そうじ》のときに見《み》たのと同《おな》じように『シ』の文字《もじ》が見《み》えてくる。

「もっとよく見《み》ろよ」

「え？」

ケースをさらにずらしていくと『江《え》』の文字《もじ》が見《み》えた。

え……。

あまりのおどろきで、思《おも》わず固《かた》まってしまう。

ケースをずらしおえると、そこには『江美《えみ》』と、緑《みどり》のペンで書《か》いてあった。

私《わたし》とシズカが『シ』だと思《おも》っていたのは、豪快《ごうかい》にデカデカと書《か》かれた『江《え》』のさんずいだったんだ……。

「おまじないなんか信《しん》じない江美《えみ》にしたら、こんな子《こ》どもじみたものに頼《たよ》る俺《おれ》なんて、カッコ悪《わる》いよな」

涼介《りょうすけ》くんはうつむきながら、言《い》った。

「でも、おまじないなんかに頼《たよ》って自分《じぶん》の気持《きも》ちを言《い》わなかったせいで、シズカのことを傷《きず》つけちまった。だから……だから……」

涼介《りょうすけ》くんは言葉《ことば》にぐっと力《ちから》をこめた。

「これからは、自分《じぶん》の気持《きも》ちははっきり伝《つた》えよう、そう決《き》めたんだ」

そして私《わたし》の方《ほう》を見《み》る。

「俺《おれ》は、江美《えみ》のことが好《す》きです」

「涼介《りょうすけ》くん……」

目《め》の奥《おく》が熱《あつ》くなってきて、それ以上《いじょう》、なんて言《い》ったらいいのかわからない。

「ごめん。そんだけだから」

涼介《りょうすけ》くんはスポーツバッグを肩《かた》にかけて、歩《ある》きだした。

私《わたし》の横《よこ》を、涼介《りょうすけ》くんが通《とお》りすぎていく。

私《わたし》はぎゅっと唇《くちびる》をかみしめていたけれど……。

「待《ま》って！」

自然《しぜん》と、言葉《ことば》が口《くち》をついて出《で》た。

立《た》ちどまった涼介《りょうすけ》くんのもとに駆《か》けよって、カバンの中《なか》をさぐって自分《じぶん》の消《け》しゴムを握《にぎ》りしめる。

そしてその手《て》を、涼介《りょうすけ》くんにさしだした。

「え？」

涼介《りょうすけ》くんは受《う》けとると、私《わたし》を見《み》た。

「本当《ほんとう》は私《わたし》も、二人《ふたり》と同《おな》じおまじないしてたんだ」

私《わたし》の消《け》しゴムも、見《み》てみて。

そういう思《おも》いをこめて、涼介《りょうすけ》くんの顔《かお》を見《み》て、力強《ちからづよ》くうなずいた。

涼介《りょうすけ》くんがケースをはずす。

でも何《なに》も書《か》いていない。

涼介《りょうすけ》くんは、消《け》しゴムを裏返《うらがえ》した。

そこには緑《みどり》のペンで書《か》いた『涼介《りょうすけ》』の文字《もじ》があって……。

「……私《わたし》もおまじないなんかに頼《たよ》らないで、自分《じぶん》の気持《きも》ちはちゃんと伝《つた》える。好《す》きな人《ひと》にも。親友《しんゆう》にも……」

涼介《りょうすけ》くんは消《け》しゴムの文字《もじ》を見《み》て、天井《てんじょう》をあおいでいる。

「……私《わたし》もずっと涼介《りょうすけ》くんのことが好《す》きでした」

そう、これが、私《わたし》の本当《ほんとう》の気持《きも》ち。

お互《たが》いの気持《きも》ちを確認《かくにん》した私《わたし》たちは、どちらからともなく、微笑《ほほえ》みあう。

「……緊張《きんちょう》した。でも、江美《えみ》の気持《きも》ち聞《き》けて……うれしいよ」

「……うん」


おまじないをきっかけに、自分《じぶん》の気持《きも》ちも、涼介《りょうすけ》くんの気持《きも》ちも、たしかめられた。

だけどこれからは、おまじないばかりに頼《たよ》らずに、正直《しょうじき》に気持《きも》ちを伝《つた》えなきゃ。

明日《あした》、シズカとちゃんと話《はな》してみよう。

シズカは私《わたし》と話《はな》すのをイヤがるかもしれない。

それでも、気持《きも》ちが伝《つた》わるまで、何度《なんど》でも、何度《なんど》でも、伝《つた》えよう。

私《わたし》は夕陽《ゆうひ》に染《そ》まるオレンジ色《いろ》の外《そと》の景色《けしき》を見《み》つめながら、考《かんが》えていた。

その後《ご》――。

私《わたし》はシズカと仲直《なかなお》りしたくて何度《なんど》か声《こえ》をかけたり連絡《れんらく》をしたりしたけれど、ずっと口《くち》をきいてもらえなかった。

でもあるとき、

「ああ、もうわかったよ。ムカついてたけど、私《わたし》、やっぱり江美《えみ》のこと嫌《きら》いになれないや」

シズカはそう言《い》って私《わたし》に抱《だ》きついてきた。

「シズカ……」

おどろいて立《た》ちつくしている私《わたし》に、

「私《わたし》に気《き》を遣《つか》わないで涼介《りょうすけ》くんと仲《なか》よくしていいからね。あんたたち見《み》てるとじれったくてさ！」

シズカは私《わたし》の背中《せなか》をバシッとたたいて笑《わら》った。

仲直《なかなお》りできたよ、って涼介《りょうすけ》くんに報告《ほうこく》したら、一緒《いっしょ》に喜《よろこ》んでくれた。
今《いま》は、シズカの新《あたら》しい恋《こい》を全力《ぜんりょく》で応援中《おうえんちゅう》です！

3

恋《こい》も部活《ぶかつ》も全力《ぜんりょく》スマッシュ

コーチがかける声《こえ》、部員《ぶいん》たちがお互《たが》いにはげましあう声《こえ》、パーンとシャトルを打《う》つときの音《おと》……。

放課後《ほうかご》の体育館《たいいくかん》は、今日《きょう》もたくさんの音《おと》であふれていた。

うちの高校《こうこう》は、野球《やきゅう》やサッカーをはじめ、どの運動部《うんどうぶ》も、全国大会《ぜんこくたいかい》を目指《めざ》すような強豪校《きょうごうこう》。

私《わたし》、西門彩音《にしかどあやね》が所属《しょぞく》しているバドミントン部《ぶ》もそうだし、隣《となり》で練習《れんしゅう》しているハンドボール部《ぶ》もそう。

入部《にゅうぶ》してまだ二か月《げつ》。

新入部員《しんにゅうぶいん》の中《なか》でもなかなか上達《じょうたつ》しない私《わたし》は、コートが使《つか》えないときは、いつも鏡《かがみ》の前《まえ》でフォームの確認《かくにん》をしながら素振《すぶ》りをしていた。

バドミントン部《ぶ》には、田中風香先輩《たなかふうかせんぱい》という三年生《ねんせい》のとても強《つよ》い先輩《せんぱい》がいる。

ショートカットで背《せ》が高《たか》くて、スマッシュを決《き》める姿《すがた》がとってもカッコいい。

私《わたし》も早《はや》く風香先輩《ふうかせんぱい》みたいになりたい！

そんな思《おも》いで毎日《まいにち》素振《すぶ》り練習《れんしゅう》にはげんでいた。


ある日《ひ》。

キュッキュッとシューズが鳴《な》る音《おと》と、ボールが跳《は》ねる音《おと》が近《ちか》づいてきて……。

「ヘイ、こっち！」

と、ボールを受《う》ける声《こえ》がしたかと思《おも》うと、

「うっ」

ボールをうばおうとしたディフェンスに思《おも》いっきりタックルされて、床《ゆか》に叩《たた》きつけられる音《おと》が聞《き》こえてくる。

「おい、翔馬《しょうま》！　そんな押《お》されたぐらいで倒《たお》れるな！」

ハンドボール部《ぶ》のコーチが声《こえ》をかけているのは、三年生《ねんせい》の中尾翔馬先輩《なかおしょうませんぱい》。

「はい！　すいません！」

床《ゆか》に倒《たお》れていた中尾先輩《なかおせんぱい》の立《た》ちあがる様子《ようす》が、私《わたし》が見《み》ている鏡《かがみ》の端《はし》に映《うつ》っている。

「翔馬《しょうま》、ボール、とってこい！」

「はい！」

コーチと先輩《せんぱい》のやりとりが聞《き》こえてきたけれど、私《わたし》はそのまま素振《すぶ》りに集中《しゅうちゅう》していた。

すると、風香先輩《ふうかせんぱい》がこっちに歩《ある》いてきた。なんだろうと思《おも》っていると、さっとボールを拾《ひろ》いあげた。

私《わたし》のすぐそばに転《ころ》がってきてたんだ……。

気《き》づかずに、風香先輩《ふうかせんぱい》に拾《ひろ》わせちゃったなんて……。

どうしよう。

私《わたし》はまずいなー、と思《おも》いながら、風香先輩《ふうかせんぱい》たちの方《ほう》をチラチラと気《き》にしていた。

ボールを持《も》った風香先輩《ふうかせんぱい》が、中尾先輩《なかおせんぱい》に近《ちか》づいていく。

「ごめん！」

中尾先輩《なかおせんぱい》が申《もう》し訳《わけ》なさそうに手《て》を合《あ》わせながらあやまった。

「気《き》にしないで！　がんばってね！」

風香先輩《ふうかせんぱい》がにっこり笑《わら》う。

「ありがとう」

中尾先輩《なかおせんぱい》はボールを受《う》けとると、コートへもどっていった。

風香先輩《ふうかせんぱい》も、バドミントン部《ぶ》のほかの三年生《ねんせい》の先輩《せんぱい》たちの方《ほう》にもどってくる。

「緊張《きんちょう》した〜！」

ふう〜、と、風香先輩《ふうかせんぱい》が息《いき》をはくと、

「よかったね、風香《ふうか》。いい感《かん》じじゃ〜ん！」

一番仲《いちばんなか》のいい涼子先輩《りょうこせんぱい》が、少《すこ》しからかうように言《い》う。

「めっちゃカッコいい、めっちゃカッコいい、めっちゃカッコいい！」

「たしかにカッコいいけど、言《い》いすぎだってば」

涼子先輩《りょうこせんぱい》は笑《わら》っているけれど、

「あー、カッコよすぎてマジ無理《むり》」

風香先輩《ふうかせんぱい》はまだ興奮《こうふん》がさめないみたい。

バドミントン部《ぶ》のエースで、自分《じぶん》にも、後輩《こうはい》たちにも厳《きび》しい風香先輩《ふうかせんぱい》。

私《わたし》たち後輩部員《こうはいぶいん》の憧《あこが》れの的《まと》で、ちょっと近《ちか》よりがたい存在《そんざい》だ。

だから、中尾先輩《なかおせんぱい》と話《はな》してあんなに顔《かお》をまっ赤《か》にしながらうれしそうにはしゃぐなんて、はじめて見《み》たときは意外《いがい》だった。

でも……たしかに中尾先輩《なかおせんぱい》は女子《じょし》からとても人気《にんき》がある。

「バドミントン部《ぶ》はハンドボール部《ぶ》の隣《となり》で練習《れんしゅう》できていいね」

って、同《おな》じクラスの子《こ》に言《い》われたこともあるぐらい。

とても整《ととの》った顔《かお》をしていてモテるけれど、硬派《こうは》で、ハンドボール一筋《ひとすじ》。

部活中《ぶかつちゅう》はめちゃめちゃ真剣《しんけん》で、ただでさえ切《き》れ長《なが》の鋭《するど》い目《め》がさらに鋭《するど》くなって、コワいくらい。

でも、時々校舎《ときどきこうしゃ》の中《なか》で見《み》かける中尾先輩《なかおせんぱい》は、いつも仲間《なかま》と楽《たの》しそうに騒《さわ》いでいて、気《き》さくな雰囲気《ふんいき》。

ふだんは気配《きくば》り上手《じょうず》で誰《だれ》にでもやさしい人《ひと》なんだ、と、ハンドボール部《ぶ》の一年生《ねんせい》たちが話《はな》しているのを聞《き》いたことがある。

そこがよけいに女子《じょし》たちをひきつけるのかな。

でも……。

私《わたし》は、とにかく今《いま》はバドミントンがうまくなりたいから、どんなイケメンの話《はなし》をされても興味《きょうみ》なし！

とりあえず恋《こい》はおあずけ。

とにかく練習《れんしゅう》をがんばって、先輩《せんぱい》たちに追《お》いつかなくっちゃ！

私《わたし》は風香《ふうか》先輩《せんぱい》たちが騒《さわ》いでいるそばで、一心不乱《いっしんふらん》に素振《すぶ》りをつづけた。

翌日《よくじつ》の放課後《ほうかご》。

早《はや》く練習《れんしゅう》をしたくて、急《いそ》いで体育館《たいいくかん》に行《い》くと、ハンドボール部《ぶ》だけが練習《れんしゅう》を開始《かいし》していて、バドミントン部《ぶ》のコートはあいていた。

うちの部《ぶ》はまだ誰《だれ》も来《き》ていないみたい。

私《わたし》は一番乗《いちばんの》りしたことがうれしくて、すぐに練習着《れんしゅうぎ》に着《き》がえて、いつもよりうきうきしながら鏡《かがみ》の前《まえ》で素振《すぶ》りをはじめた。

そのうち先輩《せんぱい》たちがパラパラと集《あつ》まり着《き》がえて体育館《たいいくかん》に出《で》てきたけれど、すみっこの方《ほう》に固《かた》まってしゃべっている。

ここ最近《さいきん》、コーチが来《こ》られない日《ひ》もあり、そういう日《ひ》はいつも厳《きび》しい先輩《せんぱい》たちも、のんびりと練習《れんしゅう》をはじめることが多《おお》くなっていた。

すると、そこにボールが転《ころ》がってきて、足《あし》に当《あ》たった。

「すいません」

走《はし》ってきたのは……中尾先輩《なかおせんぱい》。

私《わたし》は足元《あしもと》に転《ころ》がっているボールを拾《ひろ》いあげて、さしだした。

「どうぞ」

「練習《れんしゅう》の邪魔《じゃま》になっちゃって、ごめんね」

中尾《なかお》先輩《せんぱい》は、後輩《こうはい》の私《わたし》に丁寧《ていねい》に声《こえ》をかけてくれた。

「いえ」

そんな……。

隣《となり》あったコートで練習《れんしゅう》しなくちゃいけないんだから、ボールが飛《と》んでくるのなんてしかたのないこと。なのに、後輩《こうはい》の私《わたし》に対《たい》して丁寧《ていねい》にあやまってくれるなんて……。評判《ひょうばん》のとおり、誰《だれ》にでもやさしい人《ひと》なんだな。

「いつも練習《れんしゅう》がんばってるね」

え……。

見《み》ててくれたのかな。いやいや、そんなわけないか。練習《れんしゅう》してる人《ひと》なんていっぱいいるし。

……でもやっぱり、そんなふうに言《い》われるとうれしいような、照《て》れくさいような。

それに、やっぱり人気《にんき》があるだけあって、間近《まぢか》で見《み》る中尾《なかお》先輩《せんぱい》はとてもカッコいい。

目《め》をキラキラ輝《かがや》かせて笑《わら》っている先輩《せんぱい》の顔《かお》を、正面《しょうめん》から見《み》ることができない……。

「ありがとうございます」

私《わたし》がうつむきながら大《おお》きな声《こえ》でお礼《れい》を言《い》うと、中尾先輩《なかおせんぱい》はハンドコートに走《はし》ってもどっていった。

その後《うし》ろ姿《すがた》を見送《みおく》っていたら……なんだかドキドキしている自分《じぶん》がいた。

こんな気持《きも》ち、はじめて。

私《わたし》はラケットを両手《りょうて》でぎゅっと握《にぎ》りしめた。

そして、よし！　と、気合《きあ》いを入《い》れなおす。

せっかく中尾先輩《なかおせんぱい》に練習《れんしゅう》ぶりをほめてもらったんだから、もっとがんばらなくちゃ！

そのとき、誰《だれ》かにじっと見《み》られているような気《き》がして、ふとその方向《ほうこう》を見《み》た。そこには風香先輩《ふうかせんぱい》と涼子先輩《りょうこせんぱい》がいた。

ちょっとコワい感《かん》じがしたけど、気《き》のせいだよね。

私《わたし》はすぐに、素振《すぶ》りの練習《れんしゅう》にもどった。

その日《ひ》の練習《れんしゅう》が終《お》わり……。

私《わたし》は部室《ぶしつ》で制服《せいふく》に着《き》がえていた。

片《かた》づけは一年生《ねんせい》の仕事《しごと》。さらにぎりぎりまで練習《れんしゅう》をしていた私《わたし》は、一番最後《いちばんさいご》になってしまった。

バタバタと着《き》がえて急《いそ》いで部室《ぶしつ》を出《で》ていこうとすると、とっくに帰《かえ》っていると思《おも》っていた風香先輩《ふうかせんぱい》たちが、部室《ぶしつ》のドアの前《まえ》に立《た》ちはだかっていた。

「ねえ？」

風香先輩《ふうかせんぱい》の後《うし》ろには、涼子先輩《りょうこせんぱい》が控《ひか》えている。

「あ、お疲《つか》れさまです」

憧《あこが》れの三年生《ねんせい》の先輩《せんぱい》たちから声《こえ》をかけられた私《わたし》は、あわてて頭《あたま》をさげた。

「ひきょうな手《て》を、使《つか》うのやめてよね」

風香先輩《ふうかせんぱい》は、これまで聞《き》いたことがないような、ものすごく低《ひく》い声《こえ》で言《い》った。

「何《なに》が、ですか……？」

いつもの様子《ようす》とちがう先輩《せんぱい》がコワくて、肩《かた》をすくめながら問《と》いかえしてしまう。

「翔馬《しょうま》くんにアピールしたくて素振《すぶ》りしてんでしょ？」

風香先輩《ふうかせんぱい》が一歩一歩《いっぽいっぽ》ゆっくりと、私《わたし》をにらみつけながら近《ちか》づいてくる。

「ちがいます！　私《わたし》は少《すこ》しでもうまくなりたくて……」

「ウソつくんじゃねえよ！」

風香先輩《ふうかせんぱい》は、両手《りょうて》で私《わたし》の肩《かた》をつかむと床《ゆか》に突《つ》きとばした。

私《わたし》はそのまま、後《うし》ろに倒《たお》れてしまった。

「ヘッタくそな一年《ねん》が、翔馬《しょうま》くんに近《ちか》づこうとすんじゃねえよ！」

風香先輩《ふうかせんぱい》はそう言《い》うと、プイと背中《せなか》を向《む》けた。

やっぱり、部活中《ぶかつちゅう》に感《かん》じたイヤな感《かん》じの視線《しせん》は気《き》のせいじゃなかったんだ……。中尾先《なかおせん》輩《ぱい》と話《はな》したことが気《き》に入《い》らなかったんだ……。

あまりのショックに立《た》ちあがれずにいる私《わたし》の耳《みみ》に、

「アハハハハ」

遠《とお》ざかっていく先輩《せんぱい》たちの楽《たの》しそうな笑《わら》い声《ごえ》が聞《き》こえてきた……。

翌日《よくじつ》は、部活《ぶかつ》に行《い》くのが少《すこ》しだけコワかった。こんなふうに感《かん》じたのははじめてのこと。

とにかく中尾《なかお》先輩《せんぱい》には近《ちか》づかないように、と、心《こころ》がけた。

「はい、じゃあ一年生《ねんせい》！」

バドミントン部《ぶ》のコーチが、一年生部員《ねんせいぶいん》にコートで練習《れんしゅう》するよう声《こえ》をかけてくる。

「はい！」

私《わたし》は風香先輩《ふうかせんぱい》たちの目《め》を気《き》にしながらも、コーチのスマッシュを必死《ひっし》で打《う》ちかえした。

でもほとんどがミスショットになってしまう。

「西門《にしかど》ここまで！　次《つぎ》に交代《こうたい》！」

「はい！　ありがとうございます！」

私《わたし》はうまくできなかったことにへこみながら、コートの外《そと》に出《で》た。

反射的《はんしゃてき》に鏡《かがみ》の前《まえ》に立《た》って、いつものように素振《すぶ》りをしようとしたけれど……。

昨日《きのう》の部活後《ぶかつご》に、「アピールしたくて」素振《すぶ》りをしてるだとか「ヘッタくそ」と、風香《ふうか》先輩《せんぱい》に言《い》われたことを思《おも》い出《だ》してしまう。

うまくなりたいから、もっと練習《れんしゅう》したい。でもそうすると先輩《せんぱい》たちの反感《はんかん》を買《か》ってしまう……。

いったいどうしたらいいんだろう、と、私《わたし》が立《た》ちつくしていると、ハンドボール部《ぶ》のボールが転《ころ》がってきた。

「すいません！」

中尾先輩《なかおせんぱい》が走《はし》ってきた。

反射的《はんしゃてき》に手《て》をのばしかけたけれど、風香先輩《ふうかせんぱい》と目《め》が合《あ》い、コワくなった私《わたし》はすぐに手《て》をひっこめた。

ボールが私《わたし》のすぐ横《よこ》を転《ころ》がっていくのに、私《わたし》はうつむいてジッとしていることしかできなかった。

「え……」

中尾先輩《なかおせんぱい》が戸惑《とまど》いながら立《た》ちどまる。

そこに風香先輩《ふうかせんぱい》がやってきて、やさしそうな笑《え》みを浮《う》かべながら、ボールを両手《りょうて》で拾《ひろ》いあげた。

「ごめんね、翔馬《しょうま》くん。うちの後輩《こうはい》が、気《き》がきかなくて」

風香先輩《ふうかせんぱい》は私《わたし》に聞《き》こえるように言《い》いながら、中尾先輩《なかおせんぱい》に近《ちか》づいていく。

「あ、いや……」

中尾先輩《なかおせんぱい》は、雰囲気《ふんいき》がよくないのを察《さっ》したのか、こっちをチラチラと見《み》ている。

「あんな子《こ》、気《き》にしなくていいから。練習《れんしゅう》がんばってね」

風香先輩《ふうかせんぱい》がボールを渡《わた》すと、

「ありがとう……」

中尾先輩《なかおせんぱい》は、もう一度《いちど》私《わたし》の方《ほう》を見《み》て首《くび》をかしげると、ハンドコートにもどっていった。

数日後《すうじつご》、部活《ぶかつ》を終《お》えて帰宅《きたく》しようと昇降口《しょうこうぐち》に出《で》てくると、ばったり中尾先輩《なかおせんぱい》と会《あ》ってしまった。

「あ！」

私《わたし》は思《おも》わず声《こえ》をあげてしまい、

「あ……」

先輩《せんぱい》も何《なに》かを言《い》いたそうにしている。

ほんの一瞬《いっしゅん》、見《み》つめあってしまったけれど……。

ハッと我《われ》に返《かえ》った私《わたし》は、急《いそ》いで立《た》ちさろうと靴箱《くつばこ》に走《はし》っていった。

「ねえ！」

中尾先輩《なかおせんぱい》が声《こえ》をかけてくる。

「……なんですか？」

私《わたし》は背《せ》を向《む》けたまま立《た》ちどまった。

「最近《さいきん》、素振《すぶ》りしてないけど、どうして？」

「あ……いや、素振《すぶ》りなんかしてても、うまくならない……ので……」

言葉《ことば》をつっかえながらも、なんとか返《かえ》す。

そんなこと、思《おも》ってない。

部活中《ぶかつちゅう》にはしなくなったけれど、早朝《そうちょう》や部活《ぶかつ》の後《あと》に、自宅《じたく》の近《ちか》くの公園《こうえん》で毎日《まいにち》素振《すぶ》りをつづけている。

そう言《い》いたいのをこらえながら、私《わたし》は右手《みぎて》のばんそうこうに触《ふ》れた。

素振《すぶ》りのしすぎで、まめがつぶれてかたくなっている。

これは私《わたし》の勲章《くんしょう》。

だけど……。

「そっか……」

先輩《せんぱい》が小《ちい》さくため息《いき》をつく。

ちがう、そうじゃないんです！　そう言《い》いたい気持《きも》ちをこらえながら、

「失礼《しつれい》します！」

私《わたし》は靴《くつ》をはきかえて、その場《ば》から急《いそ》いで立《た》ちさった。


それから一《いっ》か月後《げつご》——。

「今日《きょう》は実戦形式《じっせんけいしき》の練習《れんしゅう》にします」

バドミントン部《ぶ》のコーチは部員《ぶいん》たちを集《あつ》めて言《い》った。

「じゃあ田中《たなか》は……西門《にしかど》と」

え……よりによって、風香先輩《ふうかせんぱい》と私《わたし》？

「は〜い」

風香先輩《ふうかせんぱい》はニヤリと笑《わら》いながら、うつむく私《わたし》の肩《かた》をポンと叩《たた》いた。

すれちがうときに、風香先輩《ふうかせんぱい》がつけているコロンが香《かお》る。

最近《さいきん》、風香先輩《ふうかせんぱい》はうっすらとメイクをしている。部室《ぶしつ》でも、髪《かみ》が乱《みだ》れるとか、汗臭《あせくさ》くなるとかものすごく気《き》にして、以前《いぜん》より練習《れんしゅう》の手《て》を抜《ぬ》くようになっていた。

「もうすぐ最後《さいご》の大会《たいかい》なんだから、気合《きあ》い入《い》れなさい！」ってコーチに注意《ちゅうい》されることもよくあった。


試合《しあい》の前《まえ》に軽《かる》くストレッチをしている風香先輩《ふうかせんぱい》に、

「風香《ふうか》、手加減《てかげん》してあげてよね」

涼子先輩《りょうこせんぱい》が声《こえ》をかける。

「わかってるって」

風香先輩《ふうかせんぱい》は腕《うで》を伸《の》ばしながら答《こた》えた。

「やさしくね」

「は〜い。やさしい先輩《せんぱい》だから、まかせなさい」

そして私《わたし》と風香先輩《ふうかせんぱい》は、ネットをはさんで向《む》かいあった。

コーチの笛《ふえ》が鳴《な》ると、先輩《せんぱい》がシャトルをほうりあげ、鋭《するど》いサーブを打《う》ちこんできた。

シャトルが弧《こ》を描《えが》いて飛《と》んでくる。

厳《きび》しいコースだったけれど、どうにか追《お》いついて、思《おも》いっきりラケットを振《ふ》った。

シャトルは風香先輩《ふうかせんぱい》の横《よこ》に落《お》ちる。

「やった！」

私《わたし》は笑顔《えがお》で叫《さけ》んだ。

公園《こうえん》で毎日《まいにち》、地道《じみち》に素振《すぶ》り練習《れんしゅう》をしてきた結果《けっか》かな。

はじめて先輩《せんぱい》から点《てん》をとれた……。

うれしさでいっぱいの私《わたし》を、ネットの向《む》こう側《がわ》で仁王立《におうだ》ちになった風香先輩《ふうかせんぱい》がにらみつけてくる。

「ちょっと、風香《ふうか》！　手加減《てかげん》しすぎじゃない？」

涼子先輩《りょうこせんぱい》が声《こえ》をかけると、

「わかってる。次《つぎ》は本気《ほんき》で」

風香先輩《ふうかせんぱい》がかまえる。

私《わたし》も気持《きも》ちを切《き》りかえ、サーブを打《う》ちこんだ。

風香先輩《ふうかせんぱい》はきっちりレシーブを返《かえ》してくる。

私《わたし》も拾《ひろ》って、しばらくラリーがつづく。

「くそっ！」

風香先輩《ふうかせんぱい》が一度《いちど》体勢《たいせい》を崩《くず》したとき、私《わたし》は「今《いま》だ」と、ずっと練習《れんしゅう》していたジャンピングスマッシュを繰《く》りだした。シャトルは風香先輩《ふうかせんぱい》の脇《わき》に落《お》ちる。

「よし！」

私《わたし》は小《ちい》さくガッツポーズをした。

その後《ご》も私《わたし》は優勢《ゆうせい》を保《たも》ち……スコアは18―21と16―21で、風香先輩《ふうかせんぱい》に勝《か》つことができた。

風香先輩《ふうかせんぱい》はしばらくの間《あいだ》、肩《かた》で息《いき》をしながらうなだれていた。

その帰《かえ》り道《みち》、リュックを背負《しょ》って歩《ある》いていると、

「今日《きょう》の彩音《あやね》、すごかったね」

バドミントン部《ぶ》で同《おな》じ一年生《ねんせい》の唯《ゆい》が、後《うし》ろから声《こえ》をかけてきた。

「いやいやいや、今日《きょう》のはまぐれだって」

「でも相手《あいて》はあの風香先輩《ふうかせんぱい》だよ！　彩音《あやね》って前《まえ》からよく素振《すぶ》りしてたよね。今《いま》までは素振《すぶ》りなんかやる意味《いみ》あるのかな……って、ちょっと思《おも》ってたんだけど、やっぱり地道《じみち》に練習《れんしゅう》するとうまくなるんだね！」

唯《ゆい》は目《め》を大《おお》きく見開《みひら》いて、ちょっとおどけたようにおどろきの表情《ひょうじょう》を浮《う》かべている。

同《おな》じ部活《ぶかつ》だけど、クラスもちがうし、これまではあんまり話《はな》したことがなかった。

それなのに自分《じぶん》から話《はな》しかけてくれて、うれしい。

「私《わたし》も素振《すぶ》りやろうかな」

唯《ゆい》が私《わたし》の横《よこ》でエア素振《すぶ》りをはじめた。

「ホント？　じゃあいっしょにやろ！」

私《わたし》は声《こえ》をあげた。

唯《ゆい》がいっしょにやってくれれば、明日《あした》からまた、部活中《ぶかつちゅう》のあいている時間《じかん》に素振《すぶ》りの練《れん》習《しゅう》を再開《さいかい》できる。

「やったー。明日《あした》からやろ」

唯《ゆい》はそう言《い》ってくれた。

よかったー、と思《おも》って歩《ある》いていると、カバンの中《なか》をさぐっていた唯《ゆい》が立《た》ちどまった。

「あ、私《わたし》、部室《ぶしつ》に忘《わす》れ物《もの》したみたい。ごめん、先帰《さきかえ》ってて」

唯《ゆい》が顔《かお》の前《まえ》で両手《りょうて》を合《あ》わせる。

「うん、わかった」

「ごめんね、明日《あした》ね。素振《すぶ》りやるぞー！」

唯《ゆい》がガッツポーズをしてくる。

「OK《オーケー》！　バイバイ！」

私《わたし》もガッツポーズを返《かえ》す。そして、唯《ゆい》が走《はし》っていく姿《すがた》を見《み》ながら、ホッと胸《むね》をなでおろしていた。

明日《あした》からは唯《ゆい》といっしょに練習《れんしゅう》できる。

それなら、風香先輩《ふうかせんぱい》たちも、何《なに》も言《い》わないよね。

やっぱり今日《きょう》みたいに結果《けっか》が出《で》るとうれしいし、よし、家《いえ》に帰《かえ》ったらまたすぐ素振《すぶ》りをしよう。

顔《かお》が自然《しぜん》と微笑《ほほえ》んでしまうのをかくすように、足元《あしもと》の石《いし》をけとばしながら歩《ある》いていると……。


「何《なに》いい気《き》になってんの？」

その声《こえ》で突然《とつぜん》、現実《げんじつ》にもどされた。

パッと顔《かお》をあげると、正門《せいもん》のそばのオブジェの前《まえ》に腕組《うでぐ》みをした風香先輩《ふうかせんぱい》が冷《つめ》たい表情《ひょうじょう》で立《た》っていた。

「まぐれで調子《ちょうし》に乗《の》んないでよね？」

「調子《ちょうし》になんか……」

「もしかして、また素振《すぶ》りして翔馬《しょうま》くんにアピールしようとしてる？」

「いえ、そんなことないです」

たしかに中尾《なかお》先輩《せんぱい》を尊敬《そんけい》している気持《きも》ちはあるけれど、何《なに》よりも今《いま》は、バドミントンがうまくなりたい。

それだけなのに、どうしてわかってもらえないんだろう。

「……先輩《せんぱい》はなんで最近《さいきん》、練習《れんしゅう》しないんですか？　私《わたし》、入部《にゅうぶ》したときに風香《ふうか》先輩《せんぱい》が練習《れんしゅう》したらした分《ぶん》だけうまくなるって話《はな》すのを聞《き》いて……」

私《わたし》は風香《ふうか》先輩《せんぱい》に憧《あこが》れている気持《きも》ちを少《すこ》しでも伝《つた》えたくて、思《おも》いきって聞《き》いてみた。

「は？　何言《なにい》ってんの？　あと高校生活《こうこうせいかつ》ももう少《すこ》しなのにさ。ひたすら練習《れんしゅう》だけしてるなんてダサいじゃん」

「でも先輩《せんぱい》は……」

本当《ほんとう》にバドミントンが上手《じょうず》だし、最後《さいご》の大会《たいかい》も近《ちか》づいている。なのに練習《れんしゅう》しないなんて、もったいない。そう言《い》いかけたけれど……。

「あんたこそ、男子《だんし》に色目使《いろめつか》うの、キモいからやめてくんない？」

風香先輩《ふうかせんぱい》は怒《いか》りが頂点《ちょうてん》に達《たっ》したのか、声《こえ》を荒《あら》らげ、私《わたし》をにらみつけてくる。

もうきっと、私《わたし》が何《なに》を言《い》っても風香先輩《ふうかせんぱい》は聞《き》いてくれない。

今《いま》、目《め》の前《まえ》にいるのは、私《わたし》が憧《あこが》れていた風香先輩《ふうかせんぱい》じゃない。

私《わたし》が素振《すぶ》りをすることが気《き》に入《い》らなくて、風香先輩《ふうかせんぱい》が変《か》わってしまったのだったら……。

練習《れんしゅう》しているだけなのにキモいとまで言《い》われるのなら……。

私《わたし》は、もうバドミントン部《ぶ》をやめた方《ほう》がいいのかもしれない。

今《いま》にも心《こころ》が折《お》れそうになっていたそのとき……。


「そういうことだったんだ」

と、凛《りん》とした声《こえ》がした。

風香先輩《ふうかせんぱい》と私《わたし》が同時《どうじ》に声《こえ》のした方《ほう》を見《み》ると、部活着姿《ぶかつぎすがた》の中尾先輩《なかおせんぱい》が立《た》っていた。

「部活終《ぶかつお》わって体育館出《たいいくかんで》たら、なんだかおまえらがもめてるっぽかったから見《み》にきてみたんだけど……」

「翔馬《しょうま》くん……」

風香先輩《ふうかせんぱい》は、少《すこ》しバツが悪《わる》そうにしている。

中尾先輩《なかおせんぱい》にこんな、先輩《せんぱい》にののしられているみじめな姿《すがた》を見《み》られたくない。

私《わたし》は、うつむいた。

「ねぇ？」

中尾先輩《なかおせんぱい》が近《ちか》づいてきた。

「なぁに？」

風香先輩《ふうかせんぱい》がたずねる。

「彼女《かのじょ》が俺《おれ》にアピールするために素振《すぶ》りしてたって話《はなし》、それってホント？」

「ホントよ！　だって、毎日毎日《まいにちまいにち》、目立《めだ》つように素振《すぶ》りして……」

風香先輩《ふうかせんぱい》はすかさず、うれしそうに言《い》った。

「それ、本気《ほんき》で言《い》ってる？」

「え!?」

「ただ単《たん》に目立《めだ》つための素振《すぶ》りだったら、あんなに強《つよ》くなれるのかな？」

中尾先輩《なかおせんぱい》の言葉《ことば》を聞《き》いた私《わたし》は、顔《かお》をあげた。

「今日《きょう》、彼女《かのじょ》が田中《たなか》に勝《か》てたのだって、彼女《かのじょ》がうまくなりたい一心《いっしん》で素振《すぶ》りしてたからじゃないのか」

中尾先輩《なかおせんぱい》、私《わたし》の気持《きも》ちをわかってくれてたんだ……。

「がんばる人《ひと》をダサいって言《い》う人《ひと》よりも、コツコツがんばってる人《ひと》の方《ほう》を応援《おうえん》したくなるけどな」

中尾先輩《なかおせんぱい》に言《い》われた風香先輩《ふうかせんぱい》は、唇《くちびる》をかみしめて何《なに》かを言《い》いたそうにしていたけれど……プイと目《め》をそらして走《はし》っていった。


「……すいません。ありがとうございます」

「あ、いや……お礼《れい》を言《い》うのは俺《おれ》の方《ほう》だよ」

中尾先輩《なかおせんぱい》がやさしいトーンで言《い》う。

「え？」

「いや……ハンド部《ぶ》の練習《れんしゅう》ってすごくきつくてさ。俺《おれ》、いっつもコーチに怒《おこ》られっぱなしで、そのたびにへこみそうになって……」

中尾先輩《なかおせんぱい》は私《わたし》に近《ちか》づいてきて言《い》った。

「そうなんですか……」

「でも、ハンドコートの隣《となり》でキミが一生懸命素振《いっしょうけんめいすぶ》りしているのを見《み》てたら、俺《おれ》もやらなきゃって、がんばれたっていうか……」

そんな……。

私《わたし》なんかにもったいない言葉《ことば》……。

でも、もし……ほんの少《すこ》しでも、私《わたし》のがんばっていた姿《すがた》を見《み》て、中尾先輩《なかおせんぱい》ががんばれた、って思《おも》ってくれるなら、すごくうれしい。

「そしたらさ……いつのまにか……キミのことが気《き》になって……」

「え!?」

あまりにも意外《いがい》な言葉《ことば》に、私《わたし》は目《め》を見開《みひら》いた。

「あ、いや、そういう意味《いみ》じゃなくて……」

「あっ……」

中尾先輩《なかおせんぱい》があわてているのがなんだかおかしくて、私《わたし》はフフッと笑《わら》ってしまった。

「だから……これからも素振《すぶ》りをやめないでください！」

と、今度《こんど》は真面目《まじめ》になって言《い》う。

「はい！」

私《わたし》もがんばります。

その気持《きも》ちが届《とど》くように、私《わたし》は大《おお》きくうなずいた。

「てか俺《おれ》、なんで後輩《こうはい》の女《おんな》の子《こ》に敬語使《けいごつか》ってるんだ？」

中尾先輩《なかおせんぱい》が頭《あたま》をかきながら照《て》れくさそうに笑《わら》っている。

私《わたし》もおかしくなって、いっしょに笑《わら》った。

いつもきりっとしてる中尾先輩《なかおせんぱい》だけど、笑《わら》うと目《め》じりがさがって、なんだかちょっと……かわいくなる。

「じゃあ、着《き》がえてくるわ」

中尾先輩《なかおせんぱい》は部室《ぶしつ》の方《ほう》をさして言《い》った。

「ありがとうございます」

「あ、キミ……名前《なまえ》なんていうの？」

「西門彩音《にしかどあやね》、です」

「そっか。俺《おれ》は……」

「中尾先輩《なかおせんぱい》」

言《い》われなくても知《し》ってましたよ。

そんな思《おも》いをこめて、笑《わら》いながら先輩《せんぱい》の顔《かお》を見《み》た。

「下《した》の名前《なまえ》でいいよ。俺《おれ》もそうするから。じゃあね、彩音《あやね》ちゃん！　明日《あした》また体育館《たいいくかん》でね！」

翔馬先輩《しょうませんぱい》のさわやかな笑顔《えがお》に、私《わたし》の胸《むね》は高鳴《たかな》って……。


翌日《よくじつ》の練習《れんしゅう》から、コートを使《つか》えない時間《じかん》には、唯《ゆい》も、そしてほかの一年生部員《ねんせいぶいん》たちも、みんなで鏡《かがみ》の前《まえ》で素振《すぶ》りをするようになった。

風香先輩《ふうかせんぱい》も、涼子先輩《りょうこせんぱい》も、何《なに》も言《い》わなくなったし……大会《たいかい》に向《む》けて一生懸命練習《いっしょうけんめいれんしゅう》している。
「すいません！」
翔馬先輩《しょうませんぱい》の声《こえ》に振《ふ》りかえると、すぐそばにボールが転《ころ》がってきていた。
私《わたし》はボールを拾《ひろ》って、投《な》げかえした。
ワンバウンドのボールを受《う》けとった先輩《せんぱい》は、
〈が・ん・ば・れ〉
と、口《くち》パクで伝《つた》えてくる。
〈は・い！〉
私《わたし》は笑顔《えがお》でこたえた。
翔馬先輩《しょうませんぱい》も笑《わら》って、ハンドコートにもどっていく。
私《わたし》もまた、素振《すぶ》りをはじめた。
バドミントンがうまくなりたい気持《きも》ちは前《まえ》と同《おな》じ。
ううん、前《まえ》よりも、もっと強《つよ》くなったかもしれない。
でも……。

おあずけだったはずの恋《こい》だけど、してみてもいいかな。

だって……。

さっき翔馬先輩《しょうませんぱい》に応援《おうえん》してもらって、こんなにも力《ちから》がわいてきた。

これって、気《き》のせいじゃないよね？

誰《だれ》かを想《おも》う気持《きも》ちが、こんなにも力《ちから》になるなんて、知《し》らなかった。

鏡《かがみ》の前《まえ》にもどる前《まえ》にちらっとハンドコートを見《み》ると、翔馬先輩《しょうませんぱい》がシュートを決《き》める姿《すがた》が目《め》に飛《と》びこんできた。

よし、私《わたし》もがんばろう！

私《わたし》は心《こころ》をときめかせながら、笑顔《えがお》で素振《すぶ》りの練習《れんしゅう》をはじめた。

4

笑《わら》う門《かど》には恋《こい》来《き》たる

桜《さくら》の花《はな》が散《ち》って、気持《きも》ちのいい若葉《わかば》の季節《きせつ》がやってきた。

窓《まど》から見《み》える景色《けしき》も、ピンク色《いろ》から緑色《みどりいろ》に衣《ころも》がえ。

校庭《こうてい》の木々《きぎ》の緑色《みどりいろ》が、目《め》にまぶしい。


私《わたし》、増田愛紗《ますだあいさ》は、高校入学《こうこうにゅうがく》と同時《どうじ》に大阪《おおさか》から東京《とうきょう》に引《ひ》っ越《こ》してきてから、二度目《どめ》の春《はる》をむかえていた。

制服《せいふく》のブラウスの上《うえ》には紺《こん》のパーカー。

ざっくり髪《かみ》をお団子《だんご》に結《ゆ》いあげた無防備《むぼうび》な首《くび》もとに、風《かぜ》を感《かん》じるのが気持《きも》ちいい季節《きせつ》。

私《わたし》は二年《ねん》C組《シーぐみ》の教室《きょうしつ》で、いつものように、久保裕史《くぼひろふみ》と本多勝也《ほんだかつや》と話《はな》していた。

「昨日《きのう》、漫才《まんざい》バトルの番組見《ばんぐみみ》た？」

ワックスで立《た》てている髪《かみ》をいじりながらたずねたのは、お調子者《ちょうしもの》の勝也《かつや》だ。

「やっぱり優勝《ゆうしょう》したのは大阪《おおさか》のコンビやったな」

私《わたし》が勝《か》ちほこったように言《い》ったとき、加藤周一《かとうしゅういち》が登校《とうこう》してきた。

勝也《かつや》と周一《しゅういち》は中学《ちゅうがく》もいっしょだったらしい。二人《ふたり》で漫才師《まんざいし》を目指《めざ》そう！　なんて、よく冗談《じょうだん》で言《い》いあっている。

ま、私《わたし》に言《い》わせると、プロを目指《めざ》すレベルに到達《とうたつ》するまでは、まだまだなんだけど。

「おはよう」

周一《しゅういち》は、とぼけたことを言《い》いながら近《ちか》づいてくる。

小柄《こがら》な周一《しゅういち》は、私《わたし》とあまり体格《たいかく》が変《か》わらない。いつもみんなを笑《わら》わせる……っていうよりは天然《てんねん》キャラ。

「おはようじゃねえよ。今《いま》、何時《なんじ》だと思《おも》ってんだよ？　もう昼《ひる》だぞ」

少《すこ》し心配《しんぱい》そうに裕史《ひろふみ》が言《い》う。

長身《ちょうしん》でバスケ部《ぶ》のエースの裕史《ひろふみ》は、いつも騒《さわ》がしいこのグループの中《なか》では、あまりしゃべらないで笑《わら》ってることが多《おお》い。

前《まえ》に私《わたし》が「無口《むくち》か！」ってツッコんだら「数少《かずすく》ない聞《き》き役《やく》にまわってやってんだよ」と、ふざけてデコピンしてきた。

コイツ、背《せ》が高《たか》いから、よく頭《あたま》をポンポンしてきたり両手《りょうて》でほっぺたをはさんできたりする。

教室《きょうしつ》の時計《とけい》を見《み》ると、あと三十分《さんじっぷん》で十二時《じゅうにじ》だ。

もう「おはよう」じゃなくて「こんにちは」の時間《じかん》。

「遅刻《ちこく》どころじゃねーだろ。なんで遅《おく》れたんだよ？」

勝也《かつや》が尋《たず》ねる。

「いやーそれが全力《ぜんりょく》で寝坊《ねぼう》しちゃいました。テヘ♡」

よく見《み》ると、寝癖《ねぐせ》だらけの頭《あたま》をしてへらへらしている周一《しゅういち》を、

「さぶっ！　どうせ遅刻《ちこく》するんやったら、おもろい言《い》い訳考《わけかんが》えーや、アホやなあ！　フツーが一番《いちばん》、おもんないわ！」

私《わたし》はふざけて軽《かる》くにらみつけた。

漫才師《まんざいし》を目指《めざ》したいのなら、なんか言《い》うときはかならずオチをつけないとあかん。

いっつもそう教《おし》えてんのに、ほんまにもう。

「増田《ますだ》ってホント笑《わら》いに厳《きび》しいよな。マジ尊敬《そんけい》するわ」

あんまり話《はな》さない裕史《ひろふみ》だけど、最初《さいしょ》に褒《ほ》めてくれたりする。

裕史《ひろふみ》は私《わたし》のツッコミがばっちり決《き》まったときも一番笑《いちばんわら》ってくれる。

そんな裕史《ひろふみ》に私《わたし》はいつも「笑《わら》いのツボが浅《あさ》すぎや！」ってツッコんでしまうんだけど、
それでも裕史《ひろふみ》はニコニコ笑《わら》っている。

「どうせ褒《ほ》めるんやったら、このかわいい顔《かお》を褒《ほ》めて」

私《わたし》はほっぺたをペチペチ叩《たた》きながら、三人《にん》の顔《かお》を見《み》まわした。

「それ、自分《じぶん》で言《い》っちゃダメなやつだろ」

勝也《かつや》が言《い》う。

「へ？　かわいいやんな？」

きょとんとした顔《かお》でそう言《い》うと、みんながどっと笑《わら》った。

まったく、失礼《しつれい》なんやから。

そう思《おも》いつつも、私《わたし》もゲラゲラと笑《わら》ってしまう。

中学《ちゅうがく》まで大阪《おおさか》に住《す》んでいた私《わたし》は、気《き》がつけばクラスのお笑《わら》い担当《たんとう》。

私《わたし》のしゃべる関西弁《かんさいべん》が、ほかの子《こ》たちにとっては新鮮《しんせん》みたい。

高校《こうこう》に入《はい》った頃《ころ》は、一生懸命《いっしょうけんめい》、標準語《ひょうじゅんご》で話《はな》そうと思《おも》っていたんだけど、クラスメイトたちは「直《なお》さないで！」「その方《ほう》がいいよ！」って受《う》けいれてくれた。

なんにでもついツッコんじゃうところがおもしろいって笑《わら》ってくれて、私《わたし》はすぐにみんなにとけこめた。

ふざけてばっかりだからなのか、仲《なか》がいいのは女子《じょし》よりも男子《だんし》の方《ほう》が圧倒的《あっとうてき》に多《おお》い。

いっつもつるんでるのもこの四人組《よにんぐみ》メンバー。

でも、女子《じょし》から嫌《きら》われることもない。

なぜなら……。

「いやあ、でもさあ。増田《ますだ》が男《おとこ》だったら、最高《さいこう》なのにな」

周一《しゅういち》が私《わたし》の肩《かた》に手《て》をまわす。

そう、こんなことが自然《しぜん》にできるのも、私《わたし》が男子《だんし》からまったく女子《じょし》として意識《いしき》されていないから。

「ま、男《おとこ》みたいなもんか？」

勝也《かつや》も、まるで男子《だんし》にするように、背中《せなか》をバシバシ叩《たた》いてくる。

「じゃあ、今度《こんど》、男子《だんし》トイレ、使《つか》わせてもらうわ」

私《わたし》がマジなトーンで言《い》うと、シンと静《しず》まりかえった。

「……ってなんでやねん！　誰《だれ》かツッコまんかい！」

私《わたし》はプンスカしながら自分《じぶん》でツッコんだ。

するとまた爆笑《ばくしょう》が起《お》こる。

「びっくりしたー」

「マジかと思《おも》った」

「さすがに冗談《じょうだん》きついって」

「んなわけないやろー」

私《わたし》は漫才師《まんざいし》がやるように、近《ちか》くにいる裕史《ひろふみ》の腕《うで》を片手《かたて》ではたいた。

「じゃあ、いっしょに行《い》こうぜー」

「カンベンしてやー」

「増田《ますだ》なら平気《へいき》だって」

「ええかげんにせんかい！」

私《わたし》は男子《だんし》からは恋愛対象《れんあいたいしょう》としてはまったく見《み》られてない。

でもそれが心地《ここち》よかった。

みんなとこうして笑《わら》っていられる、この時間《じかん》が大好《だいす》きだった。

大《おお》きな声《こえ》で笑《わら》っていると、裕史《ひろふみ》が真顔《まがお》でじっと見《み》ている。

「どしたん？」

「ん、ああ、別《べつ》に」

裕史《ひろふみ》がそう言《い》ったとき、休《やす》み時間終了《じかんしゅうりょう》のチャイムが鳴《な》った。


四時間目《よじかんめ》は古文《こぶん》の授業《じゅぎょう》。

私《わたし》の席《せき》はちょうど教室《きょうしつ》のまんなかあたり。

よく意外《いがい》だって言《い》われるけれど、こう見《み》えて、けっこう授業《じゅぎょう》は真面目《まじめ》に聞《き》いている。

とくに、古文《こぶん》の授業《じゅぎょう》は大好《だいす》き。なぜなら恋《こい》の話《はなし》が多《おお》いから。男《おとこ》だったらよかったのに、って言《い》われる私《わたし》も立派《りっぱ》な女子《じょし》なのです。


「このたそがれ……っていうのは」

先生《せんせい》が『万葉集《まんようしゅう》』の和歌《わか》の説明《せつめい》をしている。

たそがれは、誰《た》そ彼《かれ》？　と問《と》いかけているのか。

夕方《ゆうがた》、薄暗《うすぐら》くなって、向《む》こうにいる人《ひと》が見《み》えにくくなった時間《じかん》をさすんだって。

恋《こい》する人《ひと》の気持《きも》ちは昔《むかし》も今《いま》もロマンチックなんだなあ……。

恋愛《れんあい》にはほど遠《とお》いって思《おも》われている私《わたし》だけど……。

本当《ほんとう》は、ひそかに好《す》きな人《ひと》がいる。

それは……。

「愛《いと》しい人《ひと》を待《ま》ちきれない気持《きも》ちで待《ま》っているのでしょうか……。そこはみなさんなりに解釈《かいしゃく》してください」

古文《こぶん》の先生《せんせい》の話《はなし》を聞《き》きながら、一生懸命《いっしょうけんめい》ノートをとっていると、

「あ！」

うっかり消《け》しゴムを落《お》としてしまった。

「はい」

隣《となり》の席《せき》の男子《だんし》……北町雅樹《きたまちまさき》が拾《ひろ》ってくれる。

北町《きたまち》くんは優等生《ゆうとうせい》。さらさらな髪《かみ》に、上品《じょうひん》な顔立《かおだ》ち。

制服《せいふく》のシャツの上《うえ》には紺《こん》のベストというスタイルがとても似合《にあ》っている。

勉強《べんきょう》もできるのに、サッカー部《ぶ》でもエースだから、同級生《どうきゅうせい》にも人気《にんき》があるし、後輩《こうはい》の
ファンも多《おお》い。

「……ありがと」

私《わたし》は関西弁独特《かんさいべんどくとく》のアクセントで言《い》った。

「関西《かんさい》の人《ひと》って〝おおきに〟って言《い》うんじゃないの？」

北町《きたまち》くんは前《まえ》を向《む》いたまま小声《こごえ》でたずねてきた。

「そんなんビジネス関西弁《かんさいべん》や」

私《わたし》も前《まえ》を向《む》いたまま言《い》った。

北町《きたまち》くんは仲《なか》よしグループのアイツらとはちがって、王子《おうじ》さまっぽくてドキドキしてしまう。

「なんだよ、それ」

北町《きたまち》くんはこっちを向《む》いて、ハハハ、と笑《わら》っている。

目《め》が合《あ》ったらなんだか恥《は》ずかしくなって……。

私《わたし》はすぐに前《まえ》を向《む》いた。

ノートをとりながらも、うれしくて頬《ほお》がゆるんでしまう。

こんな時間《じかん》がずっとつづけばいいのに。

このとき私《わたし》は思《おも》っていた。

放課後《ほうかご》、私《わたし》はテニス部《ぶ》の練習《れんしゅう》に向《む》かうために廊下《ろうか》を歩《ある》いていた。

一階《いっかい》までおりてきたとき、廊下《ろうか》の角《かど》から曲《ま》がってきた裕史《ひろふみ》とばったり会《あ》った。

「お！」

「おっす」

私《わたし》はまったく女《おんな》の子《こ》らしくない反応《はんのう》を返《かえ》した。

それからしばらく、裕史《ひろふみ》と並《なら》んで歩《ある》く。

それにしてもコイツ、背《せ》が高《たか》いな。さすがバスケ部《ぶ》のエース。私《わたし》だって背《せ》が低《ひく》いわけじゃないのに、私《わたし》より頭一《あたまひと》つ大《おお》きいかも。

そんなことを思《おも》いながら歩《ある》いていると、

「増田《ますだ》ってさ、一人《ひとり》のときは静《しず》かなんだな」

裕史《ひろふみ》がぽそっと言《い》った。

「一人《ひとり》んときまでしゃべってたら、ただの変《へん》なヤツやん」

「たしかにな」

裕史《ひろふみ》はそう言《い》ってハハハ、と豪快《ごうかい》に笑《わら》う。

「ハハハちゃうで」

そう言《い》う裕史《ひろふみ》こそ、一人《ひとり》のときは静《しず》か……っていうか、私《わたし》たちといっしょにいるときも、一歩《いっぽ》引《ひ》いて見《み》ているキャラか。

背《せ》も高《たか》くて運動神経抜群《うんどうしんけいばつぐん》で、実《じつ》はモテキャラ。

一見《いっけん》とっつきにくくて、私以外《わたしいがい》の女子《じょし》とはあんまり話《はな》さないから、女子《じょし》たちは遠巻《とおま》きに見《み》ているけれど、隠《かく》れファンはけっこういるみたい。

「裕史《ひろふみ》と仲《なか》よくていいなあ」

なんて、ほかの女子《じょし》から言《い》われることもある。まあ、私《わたし》はなんとも思《おも》わんけどな。

「そういえばさ……」

廊下《ろうか》のつきあたりまで来《き》たところで、裕史《ひろふみ》は立《た》ちどまった。

「おまえって、好《す》きな人《ひと》とかいないの？」

「はぁ!?」

あまりに意外《いがい》な質問《しつもん》すぎて、変《へん》な声《こえ》が出《で》てしまった。

「急《きゅう》になに言《ゆ》ってんの」

いっつも「彼女《かのじょ》ほしー」ってうるさい勝也《かつや》と周一《しゅういち》とちがって、裕史《ひろふみ》はそういうことを全《ぜん》然《ぜん》言《い》わない。だから恋《こい》バナなんかに興味《きょうみ》ないかと思《おも》ってたけど……。

「いやいや、単純《たんじゅん》にどうなのかなって……」

「おるわけないやろ、そんなん……」

って、そう答《こた》えるしかないやん。こんなキャラやもん。

ちょうど裕史《ひろふみ》が背中《せなか》を向《む》けているのをいいことに……私《わたし》は小《ちい》さくため息《いき》をついた。

「そっか……うーん、でもさ。さっきも授業中《じゅぎょうちゅう》見《み》てて思《おも》ったんだけど……」

裕史《ひろふみ》は振《ふ》りかえると、少《すこ》しかがんで私《わたし》の顔《かお》をのぞきこむ。

「何《なに》？　裕史《ひろふみ》、うちのこと見《み》てたって、こわっ、ストーカーかっ」

「いや、そうじゃないけど……」

いつになく真剣《しんけん》な顔《かお》をしているけれど、いったい何《なに》を言《い》いだすんだろう。

ハッ！

もしかして恋《こい》の相談《そうだん》とか？

ひょっとして誰《だれ》かに告《こく》られた？

私《わたし》が首《くび》をかしげていると……。

「もし、今《いま》のお笑《わら》いキャラが邪魔《じゃま》して好《す》きって気持《きも》ち言《い》えないんだったら……後々《あとあと》しんどいぞ」

ん？

今日《きょう》の裕史《ひろふみ》、なんだかいつもとちがうような？

でも……。

自分《じぶん》の気持《きも》ちが透《す》けて見《み》えてるんやないかと思《おも》ってドキッとした。

私《わたし》はそれをごまかすように、

「……おまえ、オトナか！」

思《おも》わずツッコんだ。

裕史《ひろふみ》がぷっとふきだす。

その姿《すがた》はいつもの裕史《ひろふみ》だ。

私《わたし》もいっしょに声《こえ》をあげて笑《わら》った。

「じゃあ行《い》くわ！」

裕史《ひろふみ》はバスケ部《ぶ》の練習《れんしゅう》へと向《む》かうために、体育館《たいいくかん》の方《ほう》に去《さ》っていく。

背《せ》の高《たか》い後《うし》ろ姿《すがた》を見送《みおく》りながら、私《わたし》の胸《むね》の中《なか》に、ある決心《けっしん》が芽生《めば》えた……。


部活《ぶかつ》が終《お》わると、もう外《そと》はすっかり暗《くら》くなっていた。

夜空《よぞら》には丸《まる》いお月《つき》さまが出《で》ている。

部室《ぶしつ》から出《で》て歩《ある》いてくると、北町《きたまち》くんが自動販売機《じどうはんばいき》で飲《の》み物《もの》を買《か》っていた。

「おう」

練習着姿《れんしゅうぎすがた》で、タオルを首《くび》にかけている北町《きたまち》くんは、いつもの優等生《ゆうとうせい》っぽい雰囲気《ふんいき》とはちがって、ドキドキしてしまう。

「おっす！　サッカー部《ぶ》、もう終《お》わったん？」

私《わたし》はいつもの、まったく女子《じょし》らしくないあいさつを返《かえ》した。

「今《いま》、帰《かえ》り？」

北町《きたまち》くんがたずねてくる。

「う、うん……」

私《わたし》は緊張《きんちょう》しながらうなずいた。

そのとき、私《わたし》の頭《あたま》の中《なか》に、さっき裕史《ひろふみ》に言《い》われた言葉《ことば》がよみがえってきた。

――もし、今《いま》のお笑《わら》いキャラが邪魔《じゃま》して好《す》きって気持《きも》ち言《い》えないんだったら……後々《あとあと》しんどいぞ。

……たしかに、そうかもしれない。

そして私《わたし》は、あたりを見《み》まわした。

今《いま》、ここには私《わたし》と北町《きたまち》くんしかいない。

北町《きたまち》くんは目《め》の前《まえ》でやさしく微笑《ほほえ》んでいる。

気持《きも》ちを伝《つた》えるチャンスなのでは？

今《いま》なら、自分《じぶん》のキャラとか気《き》にしないで言《い》えるんちゃう？

私《わたし》は肩《かた》からかけたバッグのひもをぎゅっと握《にぎ》りしめた。

うん、勇気《ゆうき》を出《だ》して伝《つた》えなきゃ。

私《わたし》は一度《いちど》うなずいてから、顔《かお》をあげた。

「……あのさ」

「何《なに》？」

「……北町《きたまち》くんってさ、好《す》きな人《ひと》とかおるん？」

「なんで？」

「うちと……つきあってくれへん？」

私《わたし》は、思《おも》いきって告白《こくはく》をした。

「え!?」

北町《きたまち》くんが目《め》を丸《まる》くしている。

それから数秒間《すうびょうかん》、時《とき》が止《と》まった。

私《わたし》たちの間《あいだ》に気《き》まずい空気《くうき》が流《なが》れている。

も、もしかして、言《い》うタイミング、今《いま》やなかった？

この場《ば》をなんとかせな……。

「……な、何《なに》マジで受《う》けとめてるん。ボケに決《き》まってるやろ。うちがボケてんから、ツッコんでくれへんと」

私《わたし》はあわててごまかした。

声《こえ》がふるえているのが自分《じぶん》でもわかるけれど、必死《ひっし》で明《あか》るく言《い》った。

「あ、そっか、よかった……」

北町《きたまち》くんはホッとしたように言《い》った。

よかったって……どういうこと？

北町《きたまち》くんの言葉《ことば》が、私《わたし》の胸《むね》の奥深《おくふか》くに突《つ》きささる。

「うち、忘《わす》れ物《もの》あったから、もう行《い》くわ」

私《わたし》は一生懸命《いっしょうけんめい》笑顔《えがお》を作《つく》って、北町《きたまち》くんに背《せ》を向《む》けて駆《か》けだした。


部室《ぶしつ》の角《かど》を曲《ま》がって立《た》ちどまり、壁《かべ》によりかかった。

心臓《しんぞう》が、バクバクしていた。

私《わたし》ったらやっぱりお笑《わら》いキャラを演《えん》じちゃったよ……。

でも……。

返事《へんじ》を聞《き》くことはできなかったけど、自分《じぶん》の気持《きも》ちを言《い》えてスッキリしていた。

いつか、ごまかさずに本当《ほんとう》の気持《きも》ちを伝《つた》えられたらいいな。

空《そら》を見《み》あげると、さっきまで出《で》ていたお月《つき》さまが、雲《くも》に隠《かく》れている。

まるで、今《いま》の私《わたし》の気持《きも》ちをあらわしているみたいだった。


その翌日《よくじつ》、私《わたし》はいつもよりも早《はや》く登校《とうこう》した。

昨夜《さくや》全然《ぜんぜん》眠《ねむ》れなくて、思《おも》わず家《いえ》を早《はや》く出《で》てきてしまったけれど……教室《きょうしつ》の前《まえ》まで歩《ある》いてくると、緊張《きんちょう》が高《たか》まってきた。

昨日《きのう》の告白《こくはく》はボケだったってごまかしたものの……やっぱり北町《きたまち》くんに会《あ》うのはバツが悪《わる》い。

ドアの前《まえ》で一度《いちど》立《た》ちどまって、ペチペチと顔《かお》を叩《たた》いた。

「おい、聞《き》いてくれよ」

と、そのとき、教室内《きょうしつない》から北町《きたまち》くんの声《こえ》が聞《き》こえてきた。

どうやらサッカー部《ぶ》の男子《だんし》たちが着《き》がえているみたいだ。

ヤバい。サッカー部《ぶ》、今日《きょう》朝練《あされん》だった？

教室《きょうしつ》の前《まえ》から立《た》ちさろうとしたところ……。

「なんだよ」

「実《じつ》はさ、昨日《きのう》、増田《ますだ》が俺《おれ》に告《こく》ってきたんだよ」

北町《きたまち》くんが言《い》うのが聞《き》こえてきて、心臓《しんぞう》が跳《は》ねあがった。

「マジかよ!?」

「え、増田《ますだ》って、あの増田《ますだ》が？」

ほかの男子《だんし》たちがわっと盛《も》りあがっている。

「ボケだとかごまかしてたけど、あれはマジで告《こく》ってたな」

北町《きたまち》くんの言葉《ことば》に、私《わたし》は耳《みみ》を疑《うたが》った。

「えーマジかよ？」

「マジマジ！　増田《ますだ》っておもしろいヤツだけど、女《おんな》としては見《み》れねえよな」

北町《きたまち》くんが、いつもとはちがう意地悪《いじわる》い口調《くちょう》で言《い》う。

「うわぁ！　なんかそれ聞《き》いたらさ、これから増田《ますだ》のこと、笑《わら》えないわ〜」

「ホントだよ。なんかイタいな」

みんなは声《こえ》をあげて笑《わら》っている。

そして……その中心《ちゅうしん》で笑《わら》っているのは北町《きたまち》くんだ。


ひどい。

こんなん、うちこそ全然《ぜんぜん》笑《わら》えない……。

ここから今《いま》すぐに逃《に》げだしたい。

廊下《ろうか》で聞《き》いていた私《わたし》は、そう思《おも》っていた。

でも足《あし》がふるえてしまって、動《うご》くことができない。

後悔《こうかい》だけはしたくないと思《おも》って告白《こくはく》したのに、その気持《きも》ちをこんなふうに踏《ふ》みにじるなんて……。

私《わたし》は唇《くちびる》をかみしめ、あふれそうになる涙《なみだ》を必死《ひっし》でこらえながら、教室《きょうしつ》の前《まえ》で立《た》ちつくしていた。

「たしかに笑《わら》えねえよな……」

声《こえ》がして顔《かお》をあげると、登校《とうこう》してきた裕史《ひろふみ》が、私《わたし》の後《うし》ろに立《た》っていた。

「裕史《ひろふみ》……」

「あぁ、全然《ぜんぜん》笑《わら》えねえ」

「ホント、スべってるよな」

勝也《かつや》と周一《しゅういち》もいる。そして三人《にん》は私《わたし》を守《まも》るように、まだ笑《わら》い声《ごえ》の聞《き》こえる教室《きょうしつ》と私《わたし》の間《あいだ》に立《た》った。

「おまえら……」

私《わたし》は三人《にん》の顔《かお》を、見《み》つめた。

教室《きょうしつ》の中《なか》からはまだ笑《わら》い声《ごえ》が聞《き》こえてくる。

すると、裕史《ひろふみ》がカバンを周一《しゅういち》に押《お》しつけて、勢《いきお》いよく教室《きょうしつ》のドアを開《あ》けた。

「おい」

裕史《ひろふみ》が北町《きたまち》くんに声《こえ》をかけると、笑《わら》い声《ごえ》がやんだ。

「おぉ、裕史《ひろふみ》。どうしたそんなコワい顔《かお》して」

北町《きたまち》くんが裕史《ひろふみ》の表情《ひょうじょう》を見《み》て、おどろいている。

「おまえさあ、最低《さいてい》だな」

「は？　何《なに》がだよ」

「増田《ますだ》はいつも俺《おれ》たちのことを笑《わら》わせてくれてたじゃねえかよ。そんなアイツをなんで悲《かな》しませんだよ！」

「あれ？　おまえ、もしかして増田《ますだ》のこと、好《す》きなの？」

北町《きたまち》くんがからかうように言《い》う。

「あぁ、悪《わる》いかよ」

裕史《ひろふみ》の言葉《ことば》に、私《わたし》はおどろいてドアのところまで行《い》った。

「マジかよ！　アイツ、お笑《わら》い担当《たんとう》だぜ、バカじゃねえ？　女《おんな》として見《み》るのは無理《むり》だろ？」

北町《きたまち》くんはサッカー部《ぶ》の仲間《なかま》たちの方《ほう》を見《み》た。

みんなはまた笑《わら》いはじめたけれど……。

裕史《ひろふみ》はガッと北町《きたまち》くんの胸《むな》ぐらをつかんだ。

「いつもまわりを笑顔《えがお》にさせる人《ひと》を好《す》きになんないで、誰《だれ》、好《す》きになんだよ？」

裕史《ひろふみ》は北町《きたまち》くんのシャツをつかむ手《て》に力《ちから》をこめて、ひきよせた。

「ま、おまえみたいなクソつまんねえヤツに、アイツはもったいねえわ」

裕史《ひろふみ》は突《つ》きとばすようにして北町《きたまち》くんをはなし、廊下《ろうか》に出《で》てきた。

そして、おどろいている私《わたし》の横《よこ》を通《とお》りすぎて、ずんずん歩《ある》いていってしまう。

どうしたらいいのかわからずにうつむいていると……。

「増田《ますだ》！」

勝也《かつや》に呼《よ》ばれ、ハッとする。

顔《かお》をあげると、周一《しゅういち》が「追《お》いかけてやれよ」と、決《き》め顔《がお》をして、親指《おやゆび》で合図《あいず》を出《だ》してきた。

「アホか」

私《わたし》は苦笑《くしょう》しながら言《い》いはなつと、そのまま二人《ふたり》にカバンを渡《わた》して、裕史《ひろふみ》を追《お》って走《はし》りだした。

外《そと》に出《で》て、裕史《ひろふみ》の姿《すがた》を捜《さが》していると、自動販売機《じどうはんばいき》の前《まえ》にいる大《おお》きな背中《せなか》が見《み》えた。

レモンスカッシュのボタンをガンガン押《お》しているけれど、出《で》てこないみたいだ。

「……ンだよ！」

イライラが頂点《ちょうてん》に達《たっ》しているのか、裕史《ひろふみ》は自動販売機《じどうはんばいき》をパンチした。

その姿《すがた》を見《み》ていると……。

「どうした？」

裕史《ひろふみ》が気《き》づいて私《わたし》を見《み》た。

その声《こえ》とその表情《ひょうじょう》は、いつものおだやかな裕史《ひろふみ》だ。

「おまえも喉《のど》かわいたのか？」

「そんなんちゃうわ……」

「売《う》り切《き》れとかほんとありえねぇよな……ったくっさあ」

裕史《ひろふみ》は腕組《うでぐ》みをして、自動販売機《じどうはんばいき》を見《み》ながら、ブツブツ文句《もんく》を言《い》いはじめる。

「……ありがとう」

言《い》いたいことも、聞《き》きたいことも、いっぱいあった。

でも、私《わたし》の口《くち》から一番《いちばん》にこぼれたのは、感謝《かんしゃ》の気持《きも》ちだった。

「いや、別《べつ》に、おまえのためとかじゃねえから」

裕史《ひろふみ》は、なんでもないというような、口《くち》ぶりだ。

「……そっか」

私《わたし》たちは二人《ふたり》とも黙《だま》りこんだ。

でもこんなのって……私《わたし》のキャラじゃない。

「……それにしても、あれやな。まさか裕史《ひろふみ》が、うちのこと好《す》きやったとはな。びっくりしたわ」

私《わたし》は照《て》れかくしに、おどけた口調《くちょう》で言《い》った。

あ、でももしかしたらさっきのは、北町《きたまち》くんにからかわれた勢《いきお》いでつい言《い》っちゃっただけかもしれないな。

「びっくりしたっていうか、ありえへんねんけどな」

笑《わら》ってごまかそうと、裕史《ひろふみ》に背中《せなか》を向《む》けたとき……。

いきなり強《つよ》く肩《かた》を持《も》たれ、強《つよ》い力《ちから》で振《ふ》りむかされた。

裕史《ひろふみ》が、私《わたし》の顔《かお》を真剣《しんけん》な表情《ひょうじょう》でのぞきこんでいる。

え、近《ちか》すぎるよ……。

だんだんと、鼓動《こどう》が高《たか》まってくる。

「あんまり無理《むり》すんじゃねえよ」

裕史《ひろふみ》は言《い》った。

「え……」

「無理《むり》してお笑《わら》いキャラやる必要《ひつよう》……ねえから」

な、何《なに》よ。裕史《ひろふみ》、なんか今日《きょう》はカッコいいやん。

そのやさしさに、思《おも》わず泣《な》きそうになる。

「そのかわりこれからは……」

裕史《ひろふみ》が私《わたし》のほっぺたをつまんだ。

「俺《おれ》がこの顔《かお》を笑顔《えがお》にさせてやるよ」

むにーっと私《わたし》のほっぺたがひっぱられる。

「いいかな？」

ちょっと！

裕史《ひろふみ》ったら、いいこと言《い》ってるのに、私《わたし》、変《へん》な顔《かお》やん！

私《わたし》は裕史《ひろふみ》のでこにチョップを入《い》れた。

裕史《ひろふみ》がおどろいて手《て》をはなす。

「なんやもう……。おもんないねん……」

私《わたし》は唇《くちびる》をとがらせた。

「ボケてねえわ」

むくれたように目《め》をそらす裕史《ひろふみ》が男《おとこ》らしくて、ドキッとしてしまう。

「……アホ」

私《わたし》は背《せ》の高《たか》い裕史《ひろふみ》を、上目《うわめ》づかいでにらみつけた。

「なんでやねん」

裕史《ひろふみ》がハハハ、と豪快《ごうかい》に笑《わら》っている。

「もう！」

私《わたし》は裕史《ひろふみ》を突《つ》きとばした。

「それ、関西人《かんさいじん》がめっちゃ怒《おこ》るやつやで」

マネされると怒《おこ》る関西人《かんさいじん》は多《おお》いんやから！

私《わたし》がムッとして言《い》うと、

「なんでやねん」

裕史《ひろふみ》はもう一度《いちど》言《い》う。

「もう知《し》らんわ！」

私《わたし》は口《くち》をとがらせて言《い》ったけれど……なんだかおかしくなって、笑《わら》ってしまった。


「これさ、別《べつ》の飲《の》み物《もの》なら出《で》てくるかな？」

裕史《ひろふみ》はジュースを買《か》おうと小銭《こぜに》を入《い》れた。

「あ、うちにもおごってや」

「しかたないな。じゃあはい、十円《じゅうえん》」

「なんでやねん！」

「じゃあもう十円《じゅうえん》」

「また十円《じゅうえん》かい。二十円《にじゅうえん》で買《か》えるジュース……って、ないわ！」

私《わたし》たちは自動販売機《じどうはんばいき》の前《まえ》で夫婦漫才《めおとまんざい》のようにじゃれあっていた。


そんな私《わたし》たちの様子《ようす》を、勝也《かつや》と周一《しゅういち》は外階段《そとかいだん》からニヤニヤしながら見《み》ていたんだと、あとから聞《き》いた。人《ひと》の恋愛《れんあい》を見《み》ていたらお腹《なか》がすいてきて、そのまま学校《がっこう》を抜《ぬ》けだしてラーメンを食《た》べに行《い》ったらしいけど……わけわからんわ！

でもそのおかげで、私《わたし》はその日《ひ》、休《やす》み時間《じかん》も、ずっと、裕史《ひろふみ》と二人《ふたり》でゲラゲラ笑《わら》いながら過《す》ごすことができた。

そして下校時間《げこうじかん》。

私《わたし》たちはいっしょに昇降口《しょうこうぐち》におりてきた。

「勝也《かつや》たち、駅前《えきまえ》でハンバーガー食《く》ってるらしいぞ。どうする？　合流《ごうりゅう》する？」

スマホをチェックしていた裕史《ひろふみ》が、私《わたし》を見《み》る。

コイツ……いつもこんなやさしい目《め》で私《わたし》を見《み》てたのか。

そう思《おも》うと、胸《むね》にあったかい気持《きも》ちが広《ひろ》がっていく。

「うーん……二人《ふたり》でなんか食《た》べて帰《かえ》らへん？」

私《わたし》は思《おも》いきって、裕史《ひろふみ》を誘《さそ》ってみた。

「……せやな」

裕史《ひろふみ》が私《わたし》の顔《かお》を見《み》て笑《わら》う。

「だからそれ、関西人《かんさいじん》怒《おこ》るやつやって！」

私《わたし》が怒《おこ》ると、裕史《ひろふみ》が走《はし》りだす。

「ええかげんにしいや！」

叫《さけ》びながら、私《わたし》は裕史《ひろふみ》の背中《せなか》を追《お》いかけた。

5

私《わたし》は幼《おさな》なじみのマネージャー

ある朝《あさ》の登校中《とうこうちゅう》。

私《わたし》、須加戸高校《すかとこうこう》二年生《ねんせい》の牧野冬美《まきのふゆみ》は、校門《こうもん》のところで、少《すこ》し前《まえ》を歩《ある》く自慢《じまん》の幼《おさな》なじみの花沢《はなざわ》サクラを見《み》つけた。

「おはよう、サクラ」

「あ、おはよー」

サクラが笑顔《えがお》で振《ふ》りかえる。

「しばらく駅《えき》のホームで待《ま》ってたんだけどさ、ごめんね、電車来《でんしゃき》たから乗《の》っちゃったんだ」

「ううん。私《わたし》、今日少《きょうすこ》し遅《おそ》くなっちゃって」

やさしい親友《しんゆう》を待《ま》たせてしまって、申《もう》し訳《わけ》ない気持《きも》ちでいっぱいになる。

「ひょっとして寝《ね》ぐせがひどかった？」

「えー、なんでわかるの？」

今朝《けさ》は起《お》きたら髪《かみ》の毛《け》がひどいことになっていて……。

ポニーテールにして一《ひと》つに結《ゆ》いあげるだけなのに、悪戦苦闘《あくせんくとう》。

「だって、冬美《ふゆみ》、昔《むかし》から梅雨《つゆ》が近《ちか》づいてくると髪《かみ》がうねうねになるじゃない？」

サクラが大《おお》きな目《め》をいたずらっぽく見開《みひら》いて、私《わたし》の顔《かお》をのぞきこむ。

「うん……。梅雨《つゆ》がはじまったらもっとたいへん！」

「もしかしたらそうかな、と思《おも》って、ゆっくり歩《ある》いてた」

「ありがとう、サクラ。でもまた遅《おそ》くなったときは先《さき》に行《い》っていいからね」

「んー、でも冬美《ふゆみ》がいないとつまらないしさ」

美人《びじん》のサクラはこの学校《がっこう》のマドンナ的存在《てきそんざい》。

色《いろ》がまっ白《しろ》で、目《め》もパッチリ。さらに、鼻《はな》すじがすっと通《とお》っていて、歩《ある》くたびに肩《かた》までの髪《かみ》がさらさらと揺《ゆ》れて……隣《となり》を歩《ある》く私《わたし》も、サクラの横顔《よこがお》を見《み》ているとうっとりしてしまう。

私《わたし》は……ごくごく平凡《へいぼん》な女子高生《じょしこうせい》。

特徴《とくちょう》はちょっと切《き》れ長《なが》の目《め》、かな。

伸《の》びっぱなしで長《なが》くなってしまった髪《かみ》を毎日《まいにち》ポニーテールにして登校《とうこう》している。

「冬美《ふゆみ》は髪《かみ》の毛《け》がキレイでいいなあ」って、やさしいサクラは褒《ほ》めてくれるけど、今日《きょう》みたいに寝《ね》ぐせがひどい日《ひ》もあるし。

ヘアケアをがんばっているまわりのオシャレ女子《じょし》に比《くら》べたら全然《ぜんぜん》なんだけど。


「うわ、花沢《はなざわ》さんだ！　マジ、キレイだよなあ」

「朝《あさ》から会《あ》えるなんて、今日《きょう》は運《うん》がいいかも！」

二人《ふたり》で歩《ある》いていると、男子生徒《だんしせいと》たちが騒《さわ》いでいるのが聞《き》こえてくる。サクラと歩《ある》いているといつもそう。街《まち》を歩《ある》いているときだって、自然《しぜん》と視線《しせん》が集《あつ》まってくる。

「そういえば、文化祭《ぶんかさい》のミスコン、出《で》るんでしょう？」

私《わたし》は隣《となり》を歩《ある》くサクラにたずねた。

「うん……クラスの子《こ》に頼《たの》まれて、しかたなくだけどね」

と、本人《ほんにん》はあまり気乗《きの》りしていない様子《ようす》。でも、サクラが出《で》ないでいったい誰《だれ》が出《で》るのって感《かん》じ。

絶対《ぜったい》サクラが優勝《ゆうしょう》するに決《き》まってる。

「楽《たの》しみだなあ。がんばってね」

笑《わら》いかけると、

「じゃあ、冬美《ふゆみ》のためにもがんばろうかな」

サクラが苦笑《にがわら》いを浮《う》かべつつも、うなずいた。

自分《じぶん》がキレイなのに、鼻《はな》にかけてないところ、昔《むかし》から変《か》わらないなあ。

私《わたし》といっしょのときは、しょっちゅう変顔《へんがお》とかして笑《わら》わせてくれるし。

「オス」

そのとき、低《ひく》めだけどよく通《とお》る声《こえ》で呼《よ》びかけられた。

「あ、おはよう」

振《ふ》りかえると、もう一人《ひとり》の幼《おさな》なじみ、ハルが、男《おとこ》の人《ひと》にしてはキレイな顔《かお》を思《おも》いっきりくずして、大《おお》きなあくびをしているところだった。

「ちょっとハル！　ゆうべ、ずっと音楽《おんがく》かけてたでしょ。うるさくて眠《ねむ》れなかったんだけど！」

サクラが文句《もんく》を言《い》う。

この二人《ふたり》、実《じっ》は双子《ふたご》の姉弟《きょうだい》。

昔《むかし》からかわいい顔《かお》をしていたハルは、サクラと同《おな》じように、いつも学校《がっこう》のアイドルだった。

高校生《こうこうせい》になってから急《きゅう》にぐんと背《せ》が伸《の》びて、かわいい顔《かお》は、中性的《ちゅうせいてき》でキレイ系《けい》になって、さらに女《おんな》の子《こ》から大人気《だいにんき》。

こうして歩《ある》いていても、まわりの女子生徒《じょしせいと》たちがキャアキャア騒《さわ》ぎながら駆《か》けよってくる。

「はいはい」

ハルはだるそうに、ズボンのポケットに両手《りょうて》を入《い》れて歩《ある》きだした。

「……はいはい？　何《なに》、お姉《ねえ》ちゃんに対《たい》してその態度《たいど》。ちょっと、冬美《ふゆみ》からもなんか言《い》ってよー！」

サクラは怒《おこ》ってる顔《かお》もかわいい。

「えー、私《わたし》は……」

「コイツ、ホントにうるさいんだから」

ぶつぶつ言《い》ってるサクラにはかまわずに、ハルはギターを弾《ひ》く仕草《しぐさ》をしながら、頭《あたま》を動《うご》かしてリズムを刻《きざ》んでいる。


そんな、全校生徒《ぜんこうせいと》から注目《ちゅうもく》を浴《あ》びるサクラとハルと、まったく目立《めだ》たない私《わたし》の関係《かんけい》は、保育園《ほいくえん》から小中高《しょうちゅうこう》と、ずっといっしょ。

私《わたし》とサクラは小《ちい》さい頃《ころ》おままごとが大好《だいす》きで、ハルもまきこんでよく三人《にん》で遊《あそ》んだっけ。

今《いま》でもよく覚《おぼ》えている光景《こうけい》がある――。

「おかわりー」

サクラが私《わたし》に向《む》かっておもちゃのお皿《さら》をさしだす。

「はい、どうぞ」

おかあさん役《やく》の私《わたし》は、お茶碗《ちゃわん》におもちゃのおかずを入《い》れて、またサクラに渡《わた》す。

「ありがとう」

「はい、あなた、ごはんですよ」

私《わたし》は、次《つぎ》に、隣《となり》に座《すわ》っているハルにお皿《さら》を渡《わた》した。

このおままごとでは私《わたし》とハルがお母《かあ》さんとお父《とう》さん。

そしてサクラが子《こ》ども役《やく》。

「うん」

ハルがうれしそうに受《う》けとるのを見《み》ていたサクラは、

「ねえ、冬美《ふゆみ》ちゃん。ほんとーにハルと〝けっこん〟しなよ。そーしたらわたしたち、家《か》族《ぞく》になれるから」

と、いいことを思《おも》いついたように、うきうきしながら言《い》った。

ハルと結婚《けっこん》!

そんなことを言《い》われた私《わたし》は、まだ四歳《さい》か五歳《さい》ぐらいだったのに、すごく恥《は》ずかしくて……。

「……うん」

うつむいてしまった私《わたし》の顔《かお》を、ハルがのぞきこんでくる。

ハルが大《おお》きな瞳《ひとみ》で、いつまでも私《わたし》の顔《かお》を見《み》ているから、どんどん恥《は》ずかしくなっていって、私《わたし》はまっ赤《か》になった顔《かお》を、ずっとあげられなかった。

「どうした、冬美《ふゆみ》?」

ハルが声《こえ》をかけてきて、ハッと我《われ》に返《かえ》った。

私《わたし》ったら、いつのまにか立《た》ちどまって、ぼんやりしてたみたい。

でも、昔《むかし》のおままごとのときのことを思《おも》い出《だ》してた、なんて恥《は》ずかしくて言《い》えないし。

「ああ、なんでもない」

私《わたし》は、いつのまにか少《すこ》し離《はな》れてしまったサクラとハルとの距離《きょり》をつめるため、早足《はやあし》になる。

華《はな》やかな二人《ふたり》に比《くら》べて、私《わたし》は目《め》立《だ》たない普《ふ》通《つう》の子《こ》。

だけど、私《わたし》は子《こ》どもの頃《ころ》から、ずっと変《か》わらずハルのことが好《す》き。

ハルは人気者《にんきもの》だけど、本当《ほんとう》は照《て》れ屋《や》で不器用《ぶきよう》で、でも、とびきりやさしくて……。

私《わたし》とサクラにつきあっておままごとをしてくれて、大《おお》きな瞳《ひとみ》を輝《かがや》かせて私《わたし》のことをじっと見《み》ていたピュアなあの頃《ころ》と、まったく変《か》わっていない。

言《い》いたいことがうまく言《い》えないハルと私《わたし》は、小《ちい》さい頃《ころ》から、どこか通《つう》じるところがあった。

ハルが悔《くや》しそうに泣《な》いているときに、私《わたし》が黙《だま》ってずっとそばにいて、その逆《ぎゃく》で、ハルが泣《な》いている私《わたし》の手《て》をずっと握《にぎ》っていてくれたときもあったし……。

私《わたし》たちはそうやって寄《よ》りそってきた。

そばにいるのがあたりまえで、それがいつしか私《わたし》の中《なか》で恋心《こいごころ》に変《か》わっていた。

だけど……地味《じみ》な私《わたし》が、アイドル的存在《てきそんざい》のハルのことが好《す》きだなんて、絶対《ぜったい》に口《くち》には出《だ》せない。

たぶんまわりの女子《じょし》たちだって、ハルの隣《となり》には、ふさわしいかわいい子《こ》がいてほしいと望《のぞ》んでいるはず。

これは、小中《しょうちゅう》のときにもずっと言《い》われていたから、たぶんというより、絶対《ぜったい》にそう。


「なんだよ。冬美《ふゆみ》、さっきからずっとボーっとしてるじゃん。眠《ねむ》いの？」

ハルの声《こえ》から、少《すこ》し心配《しんぱい》していることが感《かん》じられた。

「ううん」

私《わたし》は笑《わら》って首《くび》を振《ふ》った。

「冬美《ふゆみ》は昔《むかし》からぼんやりしてっからなー」

「ちがうわよ！　冬美《ふゆみ》はぼんやりじゃなくておっとりしてるのよ〜」

ハルとサクラに言《い》われて、私《わたし》は微笑《ほほえ》んだ。

こうしてハルの隣《となり》を歩《ある》いていられるだけで幸《しあわ》せ。

サクラのことも大好《だいす》きだし、三人《にん》でいっしょにいられるだけで幸《しあわ》せ。

私《わたし》はつくづく実感《じっかん》していた。

休《やす》み時間《じかん》、私《わたし》は二年《ねん》B組《ビーぐみ》の教室《きょうしつ》で、一人《ひとり》で本《ほん》を読《よ》んでいた。

サクラとハルとはクラスが別《べつ》。

友《とも》だちが少《すく》ない私《わたし》は、たいてい一人《ひとり》で過《す》ごしている。

もともと人見知《ひとみし》りだっていうのもあるし、サクラとハルといっしょにいるから、なんとなくみんなが一歩《いっぽ》引《ひ》いているところもあるみたい。

でもこうして一人《ひとり》で本《ほん》を読《よ》んでいる時間《じかん》もわりと好《す》き。

「ねぇねぇ」

そこに、クラスの中《なか》でも目立《めだ》つ、浅田百合子《あさだゆりこ》が声《こえ》をかけてきた。

浅田《あさだ》さんはいつもナチュラルにメイクをしてきたり、制服《せいふく》のスカートもうんと短《みじか》くして着《き》こなしたりと、いろいろと目立《めだ》つ存在《そんざい》だ。

「何《なに》？」

「これ、ハルくんに渡《わた》しといてくれない？」

浅田《あさだ》さんはプレゼントと封筒《ふうとう》を私《わたし》の机《つくえ》の上《うえ》に置《お》く。

「……あ、うん、わかった」

「私《わたし》のもお願《ねが》い、ね」

浅田《あさだ》さんと仲《なか》のいい、スラリと背《せ》の高《たか》い鮎川《あゆかわ》えりも、同《おな》じようにプレゼントと封筒《ふうとう》を置《お》いていく。

「……うん」

机《つくえ》の上《うえ》に置《お》かれた、カラフルにラッピングされたプレゼントと『ハルくんへ』と書《か》かれたかわいい封筒《ふうとう》を見《み》ていると、

「よろしくね、マネージャー」

浅田《あさだ》さんが『マネージャー』という言葉《ことば》を強調《きょうちょう》してわざとゆっくり言《い》った。

「よろしくー」

鮎川《あゆかわ》さんもそう言《い》い、二人《ふたり》はわいわい騒《さわ》ぎながら、自分《じぶん》の席《せき》にもどっていく。

そう。

私《わたし》は学校《がっこう》の人《ひと》たちからは『マネージャー』というあだ名《な》で呼《よ》ばれていた。

華《はな》やかな二人《ふたり》といっしょにいる私《わたし》は、ハルやサクラとの橋渡《はしわた》し役《やく》。

あの二人《ふたり》に直接《ちょくせつ》話《はな》しかけるのはハードルが高《たか》いから、まずは二人《ふたり》と一番《いちばん》近《ちか》い存在《そんざい》の私《わたし》に……と、近《ちか》づいてくる人《ひと》が多《おお》い。

手紙《てがみ》を渡《わた》されたり、連絡先《れんらくさき》を聞《き》かれたり、二人《ふたり》の情報《じょうほう》を引《ひ》きだそうとしたり……昔《むかし》から頼《たの》まれごとばかり。

そんな対応《たいおう》に追《お》われている私《わたし》は、たしかにマネージャーに見《み》えるのかもしれないな。

でもハルは、プレゼントとか手紙《てがみ》をもらってもあんまり、ていうか、全然《ぜんぜん》、喜《よろこ》ばないんだよね……。

私《わたし》は小《ちい》さくため息《いき》をついた。

この日《ひ》は、いつもよりもあずかったプレゼントが多《おお》かった。

放課後《ほうかご》、両手《りょうて》で抱《かか》えきれないほどの紙袋《かみぶくろ》を手《て》に校舎《こうしゃ》を出《で》てくると、

「おい、冬美《ふゆみ》」

前《まえ》の方《ほう》からハルが歩《ある》いてきた。

「どうしたの、そんなに荷物《にもつ》持《も》って。手伝《てつだ》おうか？」

ハルは私《わたし》の手元《てもと》を不思議《ふしぎ》そうに見《み》ている。

「あ、ちょうどよかった。はい、これ」

私《わたし》は手《て》に持《も》っていた紙袋《かみぶくろ》を落《お》とさないようにそっとハルにさしだした。

「ん？」

「ハルに渡《わた》しといてだって」

「あぁ、俺《おれ》とサクラのか。なんかいつも悪《わる》いな」

ハルはプレゼントでいっぱいの紙袋《かみぶくろ》を見《み》ながら、興味《きょうみ》がなさそうに言《い》う。

「しょうがないよ。私《わたし》はハルの幼《おさな》なじみだから」

「幼《おさな》なじみか……」

ハルが口《くち》をとがらせて言《い》うのを見《み》て、私《わたし》は小《ちい》さく微笑《ほほえ》む。けれど胸《むね》はズキズキ痛《いた》んでいた。

私《わたし》たちは幼《おさな》なじみ。

それ以上《いじょう》でもそれ以下《いか》でもない。

「じゃあね。サクラにも渡《わた》しておいてね」

身軽《みがる》になった私《わたし》は、家《いえ》に帰《かえ》るために歩《ある》きだした。

ハルはこれからバレー部《ぶ》の練習《れんしゅう》だけど、私《わたし》は帰宅部《きたくぶ》。

サクラもダンス部《ぶ》で、ほぼ毎日《まいにち》練習《れんしゅう》がある。

同《おな》じ高校《こうこう》に通《かよ》ってはいるけれど、クラスも分《わ》かれてしまったし、朝《あさ》、時々《ときどき》いっしょに登《とう》校《こう》する以外《いがい》はほとんど接点《せってん》がなくなったのは、少《すこ》し切《せつ》なかった。

翌日《よくじつ》の休《やす》み時間《じかん》、いつものように一人《ひとり》で本《ほん》を読《よ》んでいると、ものすごい勢《いきお》いでドアが開《あ》いた。

でもそのまま本《ほん》に集中《しゅうちゅう》していると……。

ガンッ。

突然《とつぜん》、机《つくえ》を蹴《け》られた。

あまりの衝撃《しょうげき》に目《め》を見開《みひら》いたまま、固《かた》まってしまう。

「ちょっとあんた、ハルくんにちゃんと手紙渡《てがみわた》したんでしょうね？」

浅田《あさだ》さんがキレイに整《ととの》えてあるまゆ毛《げ》をつりあげて、私《わたし》をにらみつけてくる。

「……うん、渡《わた》したけど」

「ウソ！　さっきハルくん、読《よ》んでないって言《い》ってたわよ」

鮎川《あゆかわ》さんも腕組《うでぐ》みをして、私《わたし》を見《み》おろしている。

二人《ふたり》によると……。

さっき、階段《かいだん》の踊《おど》り場《ば》の窓《まど》から、ハルが一人《ひとり》で音楽《おんがく》を聴《き》きながら外《そと》を見《み》ていたらしい。

浅田《あさだ》さんはハルに、

「ねぇねぇ、ハルくん。昨日《きのう》の手紙《てがみ》、見《み》てくれた？」

と、声《こえ》をかけた。

「手紙《てがみ》？」

ハルはきょとんとして、問《と》いかえした。

「冬美《ふゆみ》に渡《わた》しといてって頼《たの》んだんだけど？」

浅田《あさだ》さんが言《い》うと、

「あぁ。見《み》てないわ。ごめん」

ハルはそう言《い》って、行《い》ってしまった、という。

浅田《あさだ》さんと鮎川《あゆかわ》さんは、悔《くや》しげな表情《ひょうじょう》を浮《う》かべながらこと細《こま》かく説明《せつめい》してくれたのだけれど……。

ハルがまた、誤解《ごかい》を招《まね》く言《い》い方《かた》をしたのか……。

軽《かる》く頭《あたま》を抱《かか》えながら、私《わたし》は思《おも》った。

ぶっきらぼうで、いつも言葉《ことば》が足《た》りないんだよね、ハルは。

「それは……」

渡《わた》されたけど、まだ見《み》てないっていうことなんだと思《おも》うよ。

そう言《い》おうとしたけれど……。

「とにかく！」

浅田《あさだ》さんは私《わたし》の制服《せいふく》のリボンのあたりに、ドン、と封筒《ふうとう》を押《お》しつけてきた。

「次《つぎ》はちゃんと渡《わた》しなさいよね」

「……う、うん」

あまりの迫力《はくりょく》に言《い》おうと思《おも》っていた言葉《ことば》をのみこみ、うなずくしかなかった私《わたし》に、次《つぎ》は鮎川《あゆかわ》さんが手紙《てがみ》を押《お》しつけてきた。

「しっかり仕事《しごと》しなさいよ、マネージャー！」

二人《ふたり》にどなられても言《い》いかえすこともできずに、私《わたし》はただじっとうつむいていた。

それから数週間《すうしゅうかん》して文化祭《ぶんかさい》が終《お》わり……。

廊下《ろうか》のあちこちに学生新聞《がくせいしんぶん》が貼《は》りだされた。

『須加高《すかこう》ミス&《アンド》ミスターコンテストの優勝者《ゆうしょうしゃ》は双子《ふたご》の花沢《はなざわ》サクラ&《アンド》ハル姉弟《きょうだい》に決定《けってい》！』と大《おお》きな写真入《しゃしんい》りの記事《きじ》が載《の》り『驚異《きょうい》の投票率《とうひょうりつ》99・8%《パーセント》のコンテスト』と書《か》いてあることから、どんなにこのコンテストが盛《も》りあがったかがわかる。

「すご〜い」

「でもこの二人《ふたり》が選《えら》ばれて当然《とうぜん》だよね〜」

「ホント、ハルくんてカッコい〜！」

二年《ねん》B《ビー》組《ぐみ》の廊下《ろうか》の前《まえ》にも新聞《しんぶん》が貼《は》ってあって、女子《じょし》たちがキャアキャア騒《さわ》いでいる。

そこを通《とお》りかかると……。

「ねぇねぇ、あなたってハルくんの幼《おさな》なじみなんでしょ？」

新聞《しんぶん》を見《み》ていた女子《じょし》が振《ふ》りかえった。

ほかのクラスの女子《じょし》だ。

「う……うん」

私《わたし》はうなずいた。

「よかったら、ハルくんのメアド教《おし》えてくれない？」

「私《わたし》も！」

「俺《おれ》はサクラちゃんのメアド！」

近《ちか》くにいた数人《すうにん》の男子《だんし》も、近《ちか》づいてくる。

私《わたし》は、あっというまにおおぜいに囲《かこ》まれてしまった。

「ご、ごめんね……今《いま》、急《いそ》いでるから」

どうにかみんなをかわして、小走《こばし》りで教室《きょうしつ》に入《はい》ろうとすると、ドアのところで思《おも》いきり誰《だれ》かとぶつかってしまった。

「あ、ごめんなさい」

あやまると、それは浅田《あさだ》さんだった。

どうやらわざとぶつかってきたみたいで……浅田《あさだ》さんは腕組《うでぐ》みをして、チッと舌打《したう》ちをしている。その後《うし》ろには、鮎川《あゆかわ》さんもいる。二人《ふたり》は私《わたし》をとりかこむようにして立《た》っている。

小柄《こがら》な浅田《あさだ》さんに見《み》あげられ、背《せ》の高《たか》い鮎川《あゆかわ》さんに見《み》おろされ、身動《みうご》きができない。

「なんであんたが、人気者気《にんきものき》どってんの」

「別《べつ》にそんな……」

「あとで校舎裏《こうしゃうら》来《き》て。話《はなし》あるから」

そう言《い》って、二人《ふたり》は立《た》ちさった。


放課後《ほうかご》、校舎裏《こうしゃうら》に行《い》くと、二人《ふたり》が腕組《うでぐ》みをしながら仁王立《におうだ》ちして待《ま》っていた。

「遅《おそ》くなってごめん……」

「あんたさ、最近調子《さいきんちょうし》に乗《の》ってんじゃない？　あの二人《ふたり》と幼《おさな》なじみだからって」

浅田《あさだ》さんがじわじわと迫《せま》ってくる。

「そんなこと……」

後《あと》ずさりしていった私《わたし》は、壁際《かべぎわ》に追《お》いつめられた。

「あんた、私《わたし》たちの手紙渡《てがみわた》してないんでしょ？」

鮎川《あゆかわ》さんが言《い》う。

「ちゃんと渡《わた》したよ」

「ウソ。ハルくんを私《わたし》たちにとられたくないから、そんなずるいことするんでしょ？」

「ちがう！」

私《わたし》は首《くび》を振《ふ》った。

とられたくない気持《きも》ちがないといったらウソになるけれど……頼《たの》まれた手紙《てがみ》やプレゼントはちゃんと渡《わた》している。

「あんたみたいな『ブタ』が考《かんが》えそうなことよね」

浅田《あさだ》さんは私《わたし》の耳元《みみもと》にぐっと顔《かお》を寄《よ》せてきた。

「言《い》っとくけど、あんたみたいな『ブタ』、あの二人《ふたり》に釣《つ》りあわないから！」

次《つぎ》の瞬間《しゅんかん》、思《おも》いっきり突《つ》きとばされた。

その勢《いきお》いで、私《わたし》は地面《じめん》に倒《たお》される。

「これから、あんたみたいな『ブタ』があの二人《ふたり》に近《ちか》づくの禁止《きんし》ね」

鮎川《あゆかわ》さんが威圧的《いあつてき》に私《わたし》を見《み》おろしている。

「でも、私《わたし》たち幼《おさな》なじみだし……」

あなたたちに禁止《きんし》されるのはおかしいと思《おも》う。

さすがの私《わたし》も、そう思《おも》った。

でもなかなか言《い》いかえせずにいると、浅田《あさだ》さんはキャハハ、と高笑《たかわら》いをした。

「え？」

「あの二人《ふたり》が幼《おさな》なじみだから、あんたといっしょにいると思《おも》ってるの？」

「ちがうから」

「なんで？」

私《わたし》は意味《いみ》がわからずにたずねた。

もう十年以上《じゅうねんいじょう》、私《わたし》はサクラとハルといっしょにいた。

いっしょにいるのは、あたりまえのことだと思《おも》っていた。

「あんたみたいな『ブタ』が近《ちか》くにいると、自分《じぶん》の引《ひ》き立《た》て役《やく》になるからよ」

「えっ……」

「別《べつ》にあんたのこと、仲《なか》のいい幼《おさな》なじみだなんて、これっぽっちも思《おも》ってないわよ」

浅田《あさだ》さんはわざわざ親指《おやゆび》と人《ひと》さし指《ゆび》をくっつけて、これっぽっち、と示《しめ》して言《い》った。

「そんな……」

サクラとハルはそんなこと考《かんが》えるはずがない。

私《わたし》の頭《あたま》の中《なか》を、これまで二人《ふたり》と過《す》ごした日々《ひび》の光景《こうけい》がかけめぐる。

二人《ふたり》の笑顔《えがお》は、いつも私《わたし》を幸《しあわ》せにしてくれた。

なのに、どうして……。

「わかった？　マネージャーのブタさん？」

浅田《あさだ》さんがもう一度《いちど》私《わたし》の肩《かた》をこづいて笑《わら》い声《ごえ》をあげたとき……。


「『ブタ』はあんたたちじゃない？」

サクラの声《こえ》がした。

顔《かお》をあげると、サクラがこっちに歩《ある》いてくるところだった。

サクラはいつになく、コワい顔《かお》とオーラをかもしだしている。

「な、何《なに》よ……」

浅田《あさだ》さんはさっきまでとは声《こえ》のトーンが変《か》わっている。

「こんなところで『ブタ』が二匹《ひき》も群《む》れて、何《なに》してんの？」

サクラはいつもの美《うつく》しい笑《え》みを浮《う》かべた。

でも、目《め》が笑《わら》っていない。

サクラがどれだけ怒《おこ》っているかがよくわかる。

「冬美《ふゆみ》のこといじめたら、ただじゃおかないよ」

近《ちか》くまで来《き》たサクラが、二人《ふたり》をにらみつけた。

「あれ？　言《い》ったことわかんなかった？　しょうがないか、『ブタ』だもんね」

その言葉《ことば》に、ついに浅田《あさだ》さんがサクラに向《む》かっていき、襟《えり》をつかんだ。

それでもサクラはひるまずに、凛《りん》として立《た》っている。

どうしよう……。

早《はや》く立《た》ちあがって、サクラをかばわなきゃ。

そう思《おも》っていたとき……。

「サクラ！　何《なに》してんの、こんなとこで。てか冬美《ふゆみ》、どうした？」

ハルが息《いき》を切《き》らしながら走《はし》ってきた。

「これはちがうの、あのね……」

浅田《あさだ》さんはすぐにサクラから手《て》をはなして、急《きゅう》にかわいい声《こえ》を出《だ》す。

そしてハルに近《ちか》づいていったけれど……。

「これ、いらないから返《かえ》すわ」

ハルは前《まえ》にもらった手紙《てがみ》を突《つ》きかえした。

浅田《あさだ》さんは悔《くや》しそうにそれを受《う》けとる。

「ハル遅《おそ》いよ」

「ごめん、これでも全力《ぜんりょく》で走《はし》ってきたから」

そしてハルは、私《わたし》に近《ちか》づいてきて、手《て》を出《だ》した。

「はい」

「え？」

なんだかわからずに、きょとんとしてしまう。

「ほら、手《て》」

「あ、うん」

私《わたし》が手《て》をのばすと、ハルが引《ひ》きあげてくれた。

そういえば、昔《むかし》から、どんくさい私《わたし》が転《ころ》んだりすると、いつもハルがまっさきに気《き》づいて手《て》をさしのべてくれたよね。

でも、小《ちい》さかったハルは力《ちから》が弱《よわ》くて、そのままいっしょに倒《たお》れちゃうこともあった。

今《いま》は軽々《かるがる》と私《わたし》をひっぱって、おこしてくれる。

ハル、いつからこんなに力強《ちからづよ》くなったんだろう。

私《わたし》は立《た》ちあがって、「……ありがとう」と言《い》いながらハルの顔《かお》を見《み》あげた。

「そういえばあんたたち、さっき、私《わたし》が冬美《ふゆみ》のこと、幼《おさな》なじみだと思《おも》ってないって言《い》ってたよね？　たしかにそれはあってるわ」

サクラが浅田《あさだ》さんたちに言《い》った。

「え……」

そうなの？

私《わたし》は、サクラとハルを大事《だいじ》な幼《おさな》なじみだと思《おも》ってたのに？

私《わたし》はサクラの言葉《ことば》にショックを受《う》けた。

「ほら、やっぱり……」

浅田《あさだ》さんが鼻《はな》を「フフン」と鳴《な》らしながら、つづきを言《い》おうとしたのをさえぎるように、

「冬美《ふゆみ》は、私《わたし》の幼《おさな》なじみじゃなくて、義理《ぎり》の妹《いもうと》になる……のよね？」

サクラがからかうように口元《くちもと》に笑《え》みを浮《う》かべながら、ハルを見《み》あげた。

「そうでしょ、ハル？」

すると、ハルが小《ちい》さくうなずく。

「え？」

わけがわからずにいると、

「なぁ、冬美《ふゆみ》？」

ハルが私《わたし》の肩《かた》にそっと手《て》を置《お》いた。

「……はい」

思《おも》わず、はい、と反応《はんのう》をしてしまう。

「……しよっか、結婚《けっこん》？」

ハルは照《て》れくさそうに微笑《ほほえ》んだ。

それって……あのおままごとの日《ひ》に言《い》っていたことと同《おな》じだけど……。

私《わたし》がぽかんとマヌケな顔《かお》になっていると、視界《しかい》のすみっこで、浅田《あさだ》さんたちが、こそこそと去《さ》っていく。

「バーカ！　まずは『つきあってください』でしょ」

サクラが呆《あき》れたようにハルを見《み》る。

「そっか」

ハルは両手《りょうて》をズボンのポケットにつっこんで、アハハ、と笑《わら》った。

「しょうがないか。ハルは今《いま》まで誰《だれ》ともつきあったことないもんね。小《ちい》さい頃《ころ》からずーっと冬美《ふゆみ》に片想《かたおも》いしてたんだから」

「う、うるせえな」

「図星《ずぼし》をさされて、怒《おこ》ってやんの。ハル、ダサーい」

「怒《おこ》ってねえし」

サクラがからかって、ハルが口《くち》をとがらせて。

幼《おさな》い頃《ころ》から、何度《なんど》見《み》てきた光景《こうけい》だろう。

でもなんだか……涙《なみだ》がにじんできて、近《ちか》くにいる二人《ふたり》がよく見《み》えない。

「怒《おこ》ってるよね、冬美《ふゆみ》？」

「怒《おこ》ってねえよな、冬美《ふゆみ》？」

二人《ふたり》が私《わたし》の顔《かお》をのぞきこんでくるから、私《わたし》は涙《なみだ》を見《み》られるのが恥《は》ずかしくてまたうつむいてしまう。

「どうした？」

ハルが私《わたし》の頭《あたま》に手《て》を置《お》いて、やさしくたずねてくる。

「ううん」

私《わたし》はあわてて首《くび》を振《ふ》った。


ハルの手《て》は大《おお》きくて、あたたかくて……。

この手《て》はこれからも、私《わたし》をずっと、守《まも》ってくれるんだって、感《かん》じた。

うつむいていた顔《かお》をあげると、二人《ふたり》がやさしい笑《え》みを浮《う》かべて私《わたし》を見《み》ている。

私《わたし》は泣《な》き笑《わら》いの表情《ひょうじょう》で、二人《ふたり》の顔《かお》を順番《じゅんばん》に見《み》た。

そして三人《にん》でうなずきあう。


「うれし〜〜〜！」

突然《とつぜん》、サクラが私《わたし》とハルに抱《だ》きついてきた。

「なっ、何《なに》すんだよっ！」

ハルがおどろいて声《こえ》をあげた。

「照《て》れるな、弟《おとうと》よ！　これで冬美《ふゆみ》は私《わたし》の妹《いもうと》！　つまり私《わたし》のモノ♡」

「いや、サクラのじゃないから」

私《わたし》は、サクラとハルの間《あいだ》にはさまれてドキドキしながらも、三人《にん》で笑《わら》いあえる幸《しあわ》せをあたたかな腕《うで》の中《なか》でギュッとかみしめていた。

この本は、下記のテレビ番組
「痛快TVスカッとジャパン」
（フジテレビ系　月曜夜７時57分より放送）で、
放送された作品をもとに小説化されました。

＃53「恋のエイプリルフール」
（2016年4月25日放送）

＃52「消せない想い」
（2016年4月11日放送）

＃86「恋も部活も全力スマッシュ」
（2017年4月3日放送）

＃87「笑う門には恋来たる」
（2017年4月10日放送）

＃23「私は幼なじみのマネージャー」
（2015年6月22日放送）

フジテレビ

集英社みらい文庫

胸《むね》キュンスカッと

ノベライズ
～誰《だれ》よりも一番《いちばん》、君《きみ》が好《す》き～

痛快《つうかい》TV《ティーヴィー》スカッとジャパン　原作
百瀬《ももせ》しのぶ　著
たら実《み》　絵

ファンレターのあて先
〒101-8050　東京都千代田区一ツ橋2-5-10　集英社みらい文庫編集部
いただいたお便りは編集部から先生におわたしいたします。

2018年 5月29日　第1刷発行

発行者　北畠輝幸
発行所　株式会社 集英社
〒101-8050　東京都千代田区一ツ橋2-5-10
電話　編集部03-3230-6246
読者係03-3230-6080
販売部03-3230-6393（書店専用）
http://miraibunko.jp
装丁　中島由佳理
協力　株式会社フジテレビジョン
印刷　凸版印刷株式会社
製本　凸版印刷株式会社

★この作品はフィクションです。実在の人物・団体・事件などにはいっさい関係ありません。

ISBN978-4-08-321440-0　C8293　N.D.C.913　184P　18cm

胸《むね》キュンスカッと
ノベライズ
〜ありのままの君《きみ》が好《す》き〜
痛快《つうかい》TV《ティーヴィー》スカッとジャパン・原作
百瀬《ももせ》しのぶ・著　たら実《み》・絵
ちょ〜
大好評発売中《だいこうひょうはつばいちゅう》！
胸《むね》がキュンキュン
スカッと爽快《そうかい》♪
続々《ぞくぞく》
重版中《じゅうはんちゅう》！
大人気《だいにんき》バラエティ番組《ばんぐみ》
「痛快《つうかい》TV《ティーヴィー》スカッとジャパン」の
人気《にんき》コーナーをノベライズ♥
©FUJI TELEVISION

ピュアで甘酸《あまず》っぱい
最高《さいこう》のラブストーリー
短編《たんぺん》5編収録《へんしゅうろく》!!

あなたは、どの“恋《こい》”から
読《よ》みますか——？

story《ストーリー》1

電車《でんしゃ》で出会《であ》った王子様《おうじさま》

story《ストーリー》2

君《きみ》がいた夏《なつ》

近《ちか》くにいてくれたのは君《きみ》だった——

story《ストーリー》3

押忍《おす》！ 恋《こい》の応援《おうえん》団《だん》部《ぶ》

story《ストーリー》4

恋《こい》の林間《りんかん》学校《がっこう》

story《ストーリー》5

恋《こい》する想《おも》いはハチマキに…

らのお知らせ
たったひとつの君《きみ》との約束《やくそく》
第《だい》5弾《だん》
～失恋修学旅行《しつれんしゅうがくりょこう》～
私《わたし》の初《はつ》恋《こい》は失《しっ》敗《ぱい》でした!?
みずのまい・作《さく》
U35（うみこ）・絵《え》
持病《じびょう》のある小《しょう》6のみらいは、ちがう学校《がっこう》の男《おとこ》の子《こ》・ひかりに片思《かたおも》い中《ちゅう》で、手紙《てがみ》のやりとりをしている。そんなある日《ひ》、みらいは、ひかりから『もう手紙《てがみ》は書けない』とつげられてしまう。「私《わたし》、失恋《しつれん》しちゃったんだ」つらい気持《きも》ちのまま、修学旅行《しゅうがくりょこう》にむかったみらいだけど……？

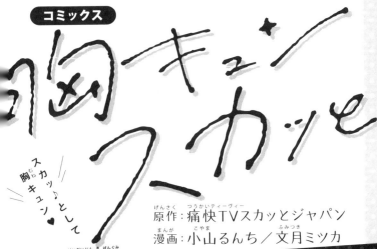

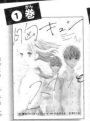

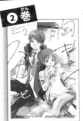

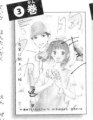

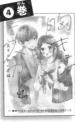

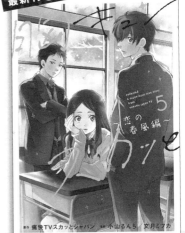

『幼《おさな》なじみとの卒業式《そつぎょうしき》』

高校《こうこう》3年生《ねんせい》の莉緒《りお》は、クラスメイトに片想《かたおも》い中《ちゅう》。幼《おさな》なじみの太《た》一《いち》に恋《こい》の相談《そうだん》をするが……

『アイツの恋《こい》を応援《おうえん》したい』

高校生《こうこうせい》の新太郎《しんたろう》は、幼《おさな》なじみの治《おさむ》の元《もと》カノに、想《おも》いを寄《よ》せていた。切《せつ》ない三角関係《さんかくかんけい》の行方《ゆくえ》は？

最新刊《さいしんかん》5巻《かん》は『恋《こい》の春《はる》風《かぜ》編《へん》』！

collected
4 mune-kyun love story
from
sukatto japan TV

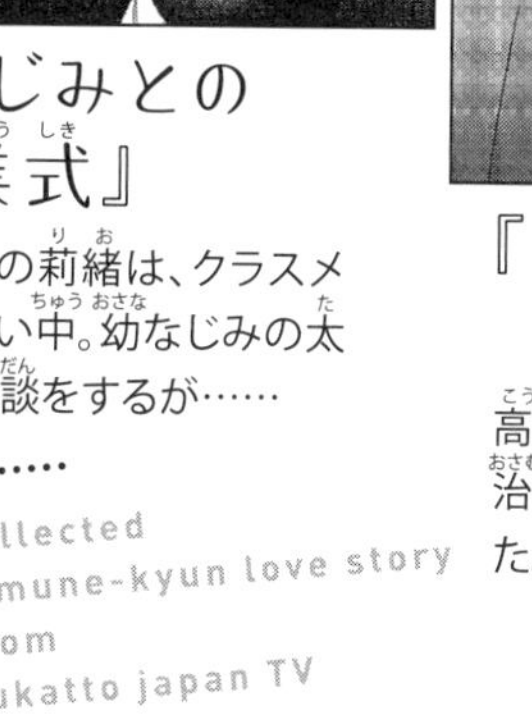

『恋《こい》のエイプリルフール』

今日《きょう》はエイプリルフール。女子《じょし》高生《こうせい》の香織《かおり》は、同級生《どうきゅうせい》の真二《しんじ》のジョークに朝《あさ》から惑《まど》わされ……

『恋《こい》も剣道《けんどう》も、踏《ふ》み込《こ》んで…』

高校《こうこう》で剣道部《けんどうぶ》に入部《にゅうぶ》し、負《ま》けてばかりの奈月《なつき》。見《み》かねた先輩《せんぱい》が、稽古《けいこ》をつけてくれると言《い》い……

「みらい文庫《ぶんこ》」読者《どくしゃ》のみなさんへ

言葉《ことば》を学《まな》ぶ、感性《かんせい》を磨《みが》く、創造力《そうぞうりょく》を育《はぐく》む……、読書《どくしょ》は「人間力《にんげんりょく》」を高《たか》めるために欠《か》かせません。たった一枚《いちまい》のページをめくる向《む》こう側《がわ》に、未知《みち》の世界《せかい》、ドキドキのみらいが無限《むげん》に広《ひろ》がっている。これこそが「本《ほん》」だけが持《も》っているパワーです。

学校《がっこう》の朝《あさ》の読書《どくしょ》に、休《やす》み時間《じかん》に、放課後《ほうかご》に……。いつでも、どこでも、すぐに続《つづ》きを読《よ》みたくなるような、魅力《みりょく》に溢《あふ》れる本《ほん》をたくさん揃《そろ》えていきたい。読書《どくしょ》がくれる、心《こころ》がきらきらしたり胸《むね》がきゅんとする瞬間《しゅんかん》を体験《たいけん》してほしい、楽《たの》しんでほしい。みらいの日本《にほん》、そして世界《せかい》を担《にな》うみなさんが、やがて大人《おとな》になった時《とき》、「読書《どくしょ》の魅力《みりょく》を初《はじ》めて知《し》った本《ほん》」「自分《じぶん》のおこづかいで初《はじ》めて買《か》った一冊《いっさつ》」と思《おも》い出《だ》してくれるような作品《さくひん》を一所懸命《いっしょけんめい》、大切《たいせつ》に創《つく》っていきたい。

そんないっぱいの想《おも》いを込《こ》めながら、作家《さっか》の先生方《せんせいがた》と一緒《いっしょ》に、私《わたし》たちは素敵《すてき》な本作《ほんづく》りを続《つづ》けていきます。「みらい文庫《ぶんこ》」は、無限《むげん》の宇宙《うちゅう》に浮《う》かぶ星《ほし》のように、夢《ゆめ》をたたえ輝《かがや》きながら、次々《つぎつぎ》と新《あたら》しく生《う》まれ続《つづ》けます。

本《ほん》を持《も》つ、その手《て》の中《なか》に、ドキドキするみらい――。

本《ほん》の宇宙《うちゅう》から、自分《じぶん》だけの健《すこ》やかな空想力《くうそうりょく》を育《そだ》て、〝みらいの星《ほし》〟をたくさん見《み》つけてください。

そして、大切《たいせつ》なこと、大切《たいせつ》な人《ひと》をきちんと守《まも》る、強《つよ》くて、やさしい大人《おとな》になってくれることを心《こころ》から願《ねが》っています。

2011年《ねん》　春《はる》

集英社《しゅうえいしゃ》みらい文庫編集部《ぶんこへんしゅうぶ》